Charles Stevenson Wright

LE MESSAGER

roman traduit de l'anglais (américain)
par Michel Averlant

LE TRIPODE

À la mémoire de Billie Holiday
et de Richard Wright.

PAR CES NUITS DE PRINTEMPS, je traîne sur le perron, devant la porte de mon immeuble. Ces putains et voleurs de gitans, mes plus proches voisins, font comme moi. Leur clientèle est exclusivement masculine. Avec sa figure ocre, ses anneaux d'oreilles en or, la bourse brodée de perles qui se balance sur sa hanche et sa large jupe de soie, la Mamma a grande allure. Elle est assise sur son trône, la marche du haut. L'autre jour, elle est allée en prison et a eu les honneurs du *Daily News*. Elle avait truandé un flic en civil et, coincée, avait essayé de l'acheter avec dix dollars. Les gosses des gitans eux aussi rôdent dans la rue. La gamine a cinq ans, le garçon six. Ils vendent des fleurs en papier. Un pigeon qui se balade avec une fille donne dix cents au gosse et lui dit de garder la fleur. Il prend le bras de la fille et ils s'en vont en riant, tout fiers d'explorer les bas-fonds. Le gosse au doux visage me regarde et marmotte entre ses dents : « Pauvres cons ». La petite fille, quand son visage est propre, semble avoir été mise au monde pour porter une robe de communiante. Elle travaille les hommes avec sa figure d'ange triste ; les larmes coulent de ses yeux comme une douce pluie. Pour autant, la plupart des types ne sont pas dupes ; alors elle bondit et leur donne une tape sur les fesses, toujours sur la poche-revolver, celle où niche le portefeuille.

J'habite la 49e Rue, entre la Sixième et la Septième Avenue. Cette rue, avec son vertigineux mélange de couleurs, c'est vraiment le songe d'une nuit de printemps. Restaurants français, restaurants chinois, cars panoramiques de la Gray Line, bars à jukebox avec une clientèle de soldats, de marins et de prostituées lesbiennes, parkings et garages pleins de clients revenant du théâtre. Et puis hôtels pour touristes.

Je regagne mon appartement, cinq étages plus haut. Là, plus rien ne me cache le ciel nocturne lourd, brodé de néon rouge orange. Une nappe fuligineuse pèse sur les immeubles. L'Empire State Building émerge de la vapeur comme un obélisque géant; le reste semble une toile embrumée du Greco. Dans le brouillard, les maisons basses paraissent anguleuses, surréalistes.

Ici, dans la pénombre de ma chambre, je me sens envahi par la peur. Suis-je bien aux États-Unis? Les objets qui m'entourent, chaises, tables et divan, pourraient ne pas être américains. Pas plus que cette chambre ils n'appartiennent à un pays déterminé. J'ai toujours aimé croire que je n'étais pas trop loin du cœur des États-Unis (je possède 25 dollars en bons du Trésor!) et je suis fier de presque tout ce qui est américain. Pourtant, je me noie dans ce champ de maïs vert. Les hectares s'étendent à l'infini. Je n'ose pas bouger. Ce pays m'a ouvert le crâne d'un coup de bec de son aigle d'or. Quels que soient mes efforts, les morceaux ne se recollent pas. Et mon vieil immeuble au cœur de Manhattan attend en silence la pioche du démolisseur, mon vieil immeuble et les deux pièces et demie qui m'ont abrité pendant deux ans. Une chambre avec vue: la silhouette magique que Manhattan découpe dans le ciel de New York, et tout ça pour cinq dollars par semaine parce que j'ai des relations.

J'étais perdu dans ces pensées lorsque le gardien de la baraque a débarqué. J'ai levé les yeux. Du sommet de son crâne, une raie parfaite, sans un cheveu de travers, descend jusqu'au creux de sa nuque comme la grande ligne qui partage un zèbre en deux.

— Pourquoi diable tu restes assis comme ça dans le noir, Charlie ? T'es saoul ou quoi ?

J'ai demandé :

— Tu veux une bière ?

Le gardien se tenait immobile, la main sur la poignée de la porte. Je ne voyais pas ses yeux, seulement ses lunettes à monture d'acier. Mais j'avais l'impression qu'il me regardait fixement. Finalement, il a lâché :

— Faut que tu déménages, Charlie. Il y a quelqu'un qui n'arrête pas de nous dénoncer au proprio. Et ça me met dans le pétrin.

— Ça doit être les gens d'à côté. Ils ont envie de l'appartement.

— Ouais. Mais l'office du Logement a décrété que cet appartement ne pouvait pas être reloué tant qu'il ne serait pas aux normes. Alors un type de l'administration vient demain et il faudra que tu fasses comme d'habitude.

— O.K. Tu ne veux vraiment pas une bière ?

— Non.

Et voilà. Demain, je dois emballer toutes mes affaires. J'en planquerai une partie chez les gens qui crèchent au numéro 7 et je collerai le reste chez la mère de Maxine, qui habite au deuxième étage. Je répandrai de la poussière au sol, je fermerai soigneusement les volets, je jetterai des mégots et des vieux journaux un peu partout et j'enlèverai le matelas du lit.

Rien n'est éternel. Je me souviens de l'avoir dit à Shirley. Ce jour-là, elle m'avait téléphoné pour me souhaiter en retard un joyeux anniversaire. La date lui était simplement sortie de la tête. Oh, elle est chouette. Quand elle a envie de passer, elle me le fait savoir. « Eh bien, viens, mon poussin, lui avais-je répondu, je vais te faire attendre cinq heures sur le perron comme à Pâques. » Elle avait raccroché aussi sec. Nous nous disputons et nous nous réconcilions depuis plus de deux ans maintenant. C'est ce qui arrive quand les gens se cramponnent au squelette de ce qui fut un amour.

Il faut que je pense à ne pas balancer mes mégots dans les gogues du palier. J'en aurai besoin pour donner à ces pièces un air inhabité. Je balaierai et je réemménagerai quand le représentant de l'office du Logement sera venu... et reparti.

1er MAI. Ici, c'est la fête à tout le monde. Aux bons bourgeois qui rendent grâce à l'Amérique comme aux fervents du communisme. Seulement pour un gars comme moi, qui travaille dans une entreprise de messagerie du Rockefeller Center, c'est un jour comme les autres. Je dois effectuer les courses sans m'emmêler les pinceaux et je touche exactement neuf dollars et vingt cents par jour. (Le salaire minimum a augmenté de 15 cents l'heure, mais les prix montent et mon niveau de vie ne suit pas.) Les autres messagers, surtout les vieux, parlent syndicalisme. Quelques-uns sont des employés de bureau à la retraite qui travaillent parce qu'ils ne peuvent pas supporter le bavardage incessant de leur femme. L'un d'eux a dix mille dollars à la banque ; un autre possède neuf maisons. Ce sont des lecteurs et des collectionneurs fanatiques de journaux et ils prennent leur travail de messager très au sérieux. Pendant les heures creuses, ils s'assoient sur un long banc de bois, dans un coin mal foutu de la Rockefeller Plaza. Et là, ils discutent. Ils sont capables de vous rendre dingue, mais j'ai appris des tas de choses grâce à eux et, finalement, ils sont assez extraordinaires. Malgré tous les maux qui d'après eux les accablent, ils sont encore bien accrochés à la vie.

Il y en a un qui a quatre-vingts ans et la démarche raide et compassée du monsieur très content de soi. Sa femme est malade et il est souvent obligé de faire un saut chez lui. Quand il parle d'elle, ses yeux s'éclairent et sa voix s'attendrit. Al, le patron, est assis dans un fauteuil pivotant à l'ancienne mode et tire sur son cigare. Ce patriarche, arbitre de nos discussions, organise le programme des livraisons à faire par toute la ville. Miss Mary, la demoiselle du standard, a soixante ans. Elle est fraîche et guillerette comme une fleur des champs. Elle a la voix flûtée d'une écolière.

En ce premier jour du mois de mai, tout le monde parle syndicalisme. Moi, je ne dis rien. Je viens juste de livrer des cartons de robes dans le quartier de la confection. C'est pas croyable ce que je peux haïr cet endroit. Laura Vee est mannequin dans ce Buchenwald doré.

Un peu plus tard, moi, Pepe et Tommy – mes copains messagers – nous sommes dans les chiottes du métro, en train de boire du vin Gipsy Rose, le champagne des poivrots. On tue le temps. Il a commencé à pleuvoir.

— Quelle chierie ! dit Pepe. Il faut que je déménage. On vient juste de s'installer dans un logement social et on n'a toujours pas assez de place. Ma famille se dispute pire que jamais. On ne peut même pas chier droit dans ces appartements.

— Moi, je mets mon argent de côté pour m'acheter une camionnette, dit Tommy.

Tommy a dix-huit ans. C'est un gosse irlandais de la Dixième Avenue.

— Y'a pas, poursuit-il, je veux être mon patron. J'ai déjà mis presque deux cents dollars à gauche. Chaque fois que le boss me dit de prendre un transport, j'y vais à pied et j'empoche les trente cents.

— Quelle chierie, dit Pepe.

Lui, il est Portoricain et parle avec l'accent des Noirs du Sud. Il habite Harlem.

— Trente cents... c'est des broutilles, mon gars. Moi, je vais me dénicher une putain ou un filon dans ce genre-là. J'ai pas raison, Charlie ?

— Tu parles ! Vaut toujours mieux avoir quelque chose qui travaille à ta place.

— Mon vieux, lui, il a pas travaillé depuis plus d'un an, nous dit Tommy. Alors je suis bien obligé d'aider ma vieille. J'ai vraiment envie de cette camionnette. Merde, je ne sais pas comment je vais m'en sortir.

— Quelle chierie, dit Pepe. Moi, je donne à ma vieille quinze dollars par semaine et j'en envoie chaque fois cinq à ma petite sœur. Elle est tuberculeuse. Et elle vit à Porto-Rico avec ma tante. Le climat est bon pour elle. Et puis j'ai acheté une guitare à crédit. Quand tout ça est payé, il ne me reste pas cinq dollars. Quelle chierie !

— Liquidons la bouteille, les gars, dis-je. Faisons le plein. Allez hop !

Cet après-midi-là, comme je traversais le hall du RCA Building, éternuant et lisant Lawrence Durrell, complètement soûlé par la violence de sa prose, j'ai subitement levé les yeux et rencontré le visage triste de Steven Rockefeller. Il a eu l'air estomaqué.

On ne lui a jamais dit que les pauvres savent lire ?

SAMEDI MATIN, je traversais à pied le quartier chic qui va de la 50e à la 60e Rue et je me dirigeais vers l'East River. Je voulais trouver un banc et m'asseoir pour relire les nouvelles d'Hemingway. Soudain un type dans la quarantaine, avec un chapeau mou, un imperméable anglais et une tête à poser pour une réclame de whisky me rentre dedans.

— Excuse-moi, petit.

Son expression est circonspecte, son sourire mielleux.

— Tous les jeunes gens devraient lire Hemingway, poursuit-il. Ah, je me rappelle le temps où je lisais Hemingway pour la première fois !

Est-ce qu'il aime vraiment Hemingway ? Ou bien est-ce une entrée en matière ?

— Je possède une belle bibliothèque. Surtout des livres rares. Surtout des éditions originales. Est-ce que ça vous intéresserait...

J'étouffe un soupir, puis j'accepte. Et merde, après tout !

Il s'appelle Mr Bennett. Nous sommes devant sa porte en bois de teck. Dessins de Picasso dans l'entrée. *The Wall Street Journal* sur la table du téléphone. Au-dessus du canapé anglais, un Chagall. Un Vuillard au-dessus de la cheminée. Estampes japonaises pornographiques dans la salle de bains. Je bois un double scotch dans un verre de cristal suédois. Une fois, j'ai livré une douzaine de verres du même modèle chez une femme qui venait juste de s'installer Sutton Place South. Elle avait l'air du genre de personne qui serait plus heureuse chez les petits-bourgeois du Bronx. Pourtant, elle était propriétaire d'un appartement dans l'ultra-chic Sutton Place South.

Mr Bennett m'offre des biscuits apéritifs importés de Hollande et me conseille d'essayer son brandy de vingt ans d'âge. Je souris, toutes dents dehors. Je ne suis jamais soûl à tomber raide. L'alcool sert simplement d'armature à ma colonne vertébrale, de lubrifiant à mes réflexes.

Si seulement je pouvais être seul avec ce mur couvert de livres ! Mais Mr Bennett déclare :

— Je crois que je vais retourner en Afrique du Nord. Tout y est si simple. Les jeunes Arabes sont prêts à tout... moyennant finance, évidemment.

Il s'est assis sur le canapé à côté de moi comme une vieille fille précautionneuse. Sa voix est paternelle. La sueur coule sous mes aisselles. Mon cœur cahote un peu, comme toujours dans ces cas-là. Je parie que je ne vais pas arriver à bander, me dis-je. L'idée me paraît comique. Je ris en moi-même, et soudain je sens sa main sur mes fesses. Tout ce qui allait lui arriver à cette tante, c'était de se retrouver le bec dans l'eau.

Je me suis levé en souriant, et j'ai effectué ma sortie. Je n'ai même pas jeté un dernier coup d'œil envieux au mur couvert de livres.

NOUS CHANTONS toujours nos propres louanges, quand bien même nous prétendons que la voix vient d'ailleurs. Certains de mes amis disent que je la ramène, que je suis arrogant. Mais j'ai toujours été seul, et ce qu'ils prennent pour de l'arrogance, c'est une arme que j'ai forgée pour me protéger.

Hier soir, Shirley est venue me voir. Il fut un temps où je rêvais de quitter le service de messageries, de trouver un meilleur emploi, de mettre de l'argent de côté, d'effectuer un premier versement pour une maison et d'épouser Shirley.

Elle s'est assise comme une petite fille bien sage dans mon fauteuil de toile tout avachi. Ses yeux noirs fixaient le vide. Il y avait en elle quelque chose de frais et de charmant. Elle faisait penser à une rose toute seule dans un vase. Ses cheveux étaient soigneusement tirés en arrière. Elle portait un chemisier blanc, une jupe sombre et des escarpins noirs.

Nous étions là, assis l'un en face de l'autre comme des ennemis pleins de morgue, silencieux, plongés dans nos pensées, noyés dans la désespérance du samedi soir citadin. Il n'y avait pas d'autre lumière dans la pièce que celle d'un quartier de lune brillant au travers de la fenêtre. La chambre luisait doucement. Les ombres semblaient prendre vie.

— Je pensais qu'on allait passer une soirée pas comme les autres, se plaignit Shirley. Qu'on allait fêter ça. Je pensais qu'on allait sortir et s'amuser un peu. Je ne suis pas venue de si loin juste pour rester assise dans ton appartement.

Je me suis levé :

— Parfait. Bouge pas. Je vais m'habiller. Nous irons au Village. Mais moi, je croyais que nous passerions une soirée tranquille tous les deux. J'ai mis une bouteille de champagne à rafraîchir.

— Oh, toi et tes soirées tranquilles ! a crié Shirley. Je n'aime pas les soirées tranquilles ! Je ne les aime plus ! J'ai vingt-deux ans ! Il est temps que je m'amuse un peu dans la vie !

J'ai failli lui dire : « Alors, fous le camp. Fais-la ta virée avec ton toubib plein aux as ! » Mais je me suis contenté de boire en silence le reste de mon mauvais porto.

— Tout compte fait, tu n'es qu'un poivrot.

Elle ne plaisantait pas.

— Et après ?

— Je parie que tu n'écris même plus.

— Qu'est-ce que ça peut te foutre, bordel !

— Je t'ai déjà demandé de ne pas jurer quand tu me parles.

— Excuse-moi. Mais qu'est-ce qui te prend ? Qu'est-ce que tu me veux ?

— Et toi, qu'est-ce que tu veux ? Répondit-elle du tac au tac.

On sentait à sa voix qu'elle luttait pour ne pas sombrer dans une de ses fameuses crises de larmes.

Je me suis versé un autre verre de porto tout en me disant que j'en avais marre du Village et de sa faune d'intellectuels. Je connais bien le Village, c'est juste devenu l'endroit où *ne pas* aller. J'ai envie de passer des soirées tranquilles avec toi. Seul avec toi. Mon visage fait encore de l'effet, j'ai l'air jeune, mais je vieillis. Je devrais cesser de porter des baskets. À vingt-neuf ans, mes cheveux grisonnent et ça ne me donne même pas l'air distingué. Les rides de mon front sont plus ou moins permanentes. Ma vitalité a été pompée ; j'ai donné ma jeunesse, je l'ai échangée contre des choses tantôt bonnes et tantôt mauvaises. Et ce que je possédais d'intelligence a été haché menu comme de la chair à pâté.

Je n'ai rien répondu à tout ça. Pas un mot. La lune a disparu. La pièce était sombre. Je me suis levé et j'ai pris Shirley dans mes bras. Elle a reculé très vite, comme si j'avais la lèpre.

Brutalement, d'un seul mouvement rapide, j'ai serré son visage entre mes deux mains et j'ai écrasé ma bouche sur la sienne.

Shirley s'est dégagée :

— Nom de Dieu, arrête ! Je ne t'appartiens pas !

Elle est partie furieuse ; direct chez son toubib plein aux as. Bon, eh bien, je pouvais toujours jouer les spectateurs impassibles et regarder l'amour se pétrifier avec le reste. En fait, je me sentais comme une otarie clouée au rivage, incapable de regagner la mer. Je suis resté assis, tout seul, et j'ai écouté les bruits qui montaient de la rue.

JEUDI SOIR, Troy Lamb m'a téléphoné pour me dire qu'il débarquait chez moi avec sa femme, Susan, et leur fils de trois ans, Skipper. Pour une surprise, c'en était une !

J'avais fait la connaissance de Troy quatre ans plus tôt à la White Horse Tavern. C'était la période des vaches maigres, des jours désespérés. Si Troy possédait un dollar, je pouvais être sûr qu'il m'en donnerait la moitié. Il nous arrivait souvent de fumer la même cigarette, de couper en deux un petit pain rassis, de partager une tasse de café noir. Nous n'avions ni l'un ni l'autre de travail fixe, mais Troy recevait une aide intermittente de sa famille. Il étudiait la philosophie et l'anthropologie à l'Université de New York. Ah, quelle époque ! Parfois, nous prenions le métro à l'heure de pointe, quand il était bondé de gens se rendant au travail. Troy lisait un journal français ou chinois, et moi le plus grand quotidien yiddish, *The Jewish Daily Forward.* Ça portait un rude coup aux voyageurs ; ils devaient se croire encore au lit, en train de vivre un cauchemar.

Un jour, Laura Vee m'a emmené voir l'exposition Dalí à la galerie Carstairs, dans la 57e Rue Est. Et là, j'ai rencontré un tas de gosses de riches. Ils m'ont trouvé très sympa et sont venus chez moi le dimanche suivant avec des sandwiches gigantesques, trois bouteilles de Dubonnet et un imposant stock de cigarettes. Troy passait par hasard. Je l'ai présenté à Susan Mantle, une fille couverte de taches de rousseur et qui avait l'air d'une poupée. Au vert printemps de cette année-là, Troy et Susan annoncèrent qu'ils allaient se marier.

Troy obtint une bourse pour étudier l'anthropologie. Ils se marièrent ensuite, passèrent leur lune de miel à Paris et allèrent en Afrique pour les recherches de Troy. Skipper était né là-bas. Maintenant, revenus à New York, la première chose qu'ils faisaient, c'était de venir me voir.

Je suis sorti pour acheter une flasque de whisky pour nous, du lait et des oranges pour le gosse.

J'ai entendu sonner à la porte, puis la voix rocailleuse de Troy dans les escaliers.

Susan, bronzée comme un grain de café, tout sourire, portait une sorte de djellaba berbère en poil de chameau. Elle se précipita dans mes bras :

— Oh, Charles ! Comme c'est bon de te revoir !

— Ce que vous m'avez manqué, mes enfants ! Dis-je en relâchant Susan.

Troy s'approcha de moi. Il portait un jeans, un sweat-shirt et un chapeau de safari avachi. Sur son dos, à la mode indienne, s'agrippait le fameux Skipper. Troy laissa tomber Skipper sur le plancher et me donna entre les deux épaules une bourrade à tuer un bœuf.

— Charlie, vieille branche ! dit-il, tout rayonnant d'affection.

— Bon Dieu ! m'exclamai-je, à moitié assommé.

— Nous avons débarqué ce matin, dit Susan. Tu es la première personne que nous voyons.

— Ouais, ajouta Troy. Il fallait qu'on te voie, qu'on sache ce que tu devenais.

— Oh, gémit Susan en regardant son fils. Nous avons presque oublié le gosse !

— Skipper, dis bonjour à l'oncle Charles, ordonna Troy en jouant le père autoritaire et fier de sa progéniture.

Troy Mantle Lamb, trois ans, cheveux filasse, fit la moue et joua avec ses doigts. Il portait un petit costume rayé avec une casquette assortie. Ses yeux bleus pétillaient de malice.

J'aime les enfants. Ma ferraille passe toujours dans les poches des gosses du voisinage.

— Salut, mon pote ! dis-je en prenant Skipper dans mes bras. Combien de tigres as-tu tués en Afrique ?

Skipper me lança un long regard sérieux qui, chez un adulte, aurait signifié : « Je vous connais, vous et ceux de votre espèce. »

— Sale nègre, dit-il d'une petite voix claire.

Pendant un dixième de seconde, le monde s'arrêta de respirer. Puis Troy dit d'un ton furieux :

— Ferme-la, petit crétin.

— Oh, Charles, dit Susan en secouant tristement la tête. Je te demande pardon. Je te jure, je ne sais pas où Skipper a bien pu apprendre ça.

J'AI UN COPAIN, Nick, qui est pris de spasmes quand il pense à mon corps. Il estime que c'est une merveille digne d'être adorée, que l'on doit lui dédier des romances sans paroles. Pas de doute, il faut qu'il en parle à ceux de ses amis qui ont de belles relations. Il faut que je fasse mon entrée dans le monde riche de la pédérastie.

Et me voilà donc, ce soir, revêtu de mon unique costume sombre en bon état. Une odeur de pin flotte autour de moi. Je ressors mes airs de petit jeune homme. J'en suis à mon troisième double scotch et mes yeux brillent. Je souris discrètement, vrai diplomate en pays inconnu et dangereux. Nick, le guide eunuque, est ivre de fierté. Comme il se doit, le valet de chambre en veste blanche est un Oriental aux yeux bridés et qui fleure bon les roses de serre. Notre hôte, bronzé, cheveux gris coupés en brosse courte, a un visage de pierre, asexué, inexpressif. On a l'impression qu'il lui est impossible de bouger un seul de ses muscles. Pourtant il me sourit vaguement, laisse voir une lueur d'intérêt.

J'examine la grande pièce tendue de damas vert pâle. Peintures Empire dans des cadres dorés ; meubles de marqueterie aux lignes sobres ; des compositions de tulipes blanches arrangées avec goût.

Il y a là douze hommes exactement. Le verre à la main, ils parlent tranquillement. Mais leurs yeux papillonnent tout autour de la pièce.

Ces types ne ressemblent guère à l'image qu'on se fait de tantes maniérées. Ce sont en apparence des citoyens installés, prospères. Je ne peux m'empêcher de penser : si leur vie courante est un tel mensonge, comment est-il possible que leur vie sexuelle ait un sens ? Et la réponse est : peut-être qu'elle n'en a pas.

— Écrivain ? Comme c'est intéressant !

Ils connaissent beaucoup d'écrivains. Ça pourrait m'être très utile d'aller à ces cocktails la semaine prochaine. Il faut absolument que je me retire à Cap Cod ou à Fire Island. Un écrivain a besoin de solitude. Mais non, je n'ai pas du tout l'air d'un messager. (De quoi diable un messager peut-il bien avoir l'air ?) Ils font tous cercle autour de moi. Ils parlent de leurs voix chichiteuses et cultivées. Et je me dis, merde, merde, j'ai tout d'un morceau de viande fraîche qu'on jette dans l'arène.

Dîner dans la semi-pénombre d'une salle à manger noire et blanche. Serviettes de lin, éclairage à la bougie, trois vins. Échange de banalités. Et maintenant, si nous passions dans le saint des saints ?

Cette fois, nous sommes tous fin saouls. Au diable la bonne éducation, retournons à la nature. Plusieurs de ces messieurs sont devenus soudain leur actrice préférée. Peu à peu, les lumières baissent, on éteint une lampe après l'autre. Les types sont affalés dans les fauteuils, sur les divans, par terre. Les positions sont variées. Les chemises, ouvertes ou au moins déboutonnées. Les pantalons, ouverts ou baissés. La plupart des types font ce qu'ils ont à faire en silence.

Quelques-uns pourtant chuchotent d'une voix tendue ou roucoulent, éperdus d'amour.

C'était un spectacle grotesque, composé de mouvements sauvages et rapides, de gémissements et de profonds murmures.

Jusque-là, personne ne m'avait encore touché.

Soudain, j'ai eu l'impression qu'ils attendaient l'attraction, et que l'attraction c'était moi. Quand ça se passa, ce fut avec le petit homme qui était assis à côté de moi à table, un joyeux drille qui racontait des histoires drôles. Mais tout d'un coup, on aurait dit un être affolé, trébuchant dans le noir, un pauvre type mourant de peur.

Nick et moi, nous sommes partis à trois heures du matin. J'avais envie d'un verre. Nous nous sommes arrêtés dans le bar le plus proche.

— Oh, tu as été sensationnel ! s'est extasié Nick.

Il avait l'air très content, comme une mère qui vient de voir un de ses gosses faire son premier pas sans qu'on le tienne.

— Tu iras loin, Charles. Je te l'avais bien dit, non ?

Je ne lui ai pas répondu. J'ai bu mon verre. J'ai bu son verre. Et puis encore quatre autres.

C'était une expérience, rien de plus. Et si j'en ressentais un jour l'envie, je recommencerais. C'était aussi simple que ça.

Mais Nick a continué de parler. Alors la colère m'a submergé. Et, tandis qu'un chanteur de rock braillait dans le jukebox : « Quel est le prix du bonheur, quel est le prix de l'amour ? », j'ai essayé de défoncer le crâne de Nick avec mon verre.

QUELQUEFOIS, j'ai l'impression d'être pris à la gorge par la fine racaille de New York, d'être piétiné par ces millions de gens qui courent après Monsieur Billet de Banque et leur brevet de New-Yorkais vraiment dans le vent. Et à moi, qu'est-ce qu'elle me veut, cette fine racaille ? Que je sois l'oreille compréhensive, que je fasse partie de la confrérie des confesseurs en jeans.

J'étais tout juste en train de penser cela quand j'ai entendu dans l'escalier la voix de petite fille de Mrs Lee, essoufflée par son ascension :

— Voyons, Pike... voyons, Tike. Mes chéris ! Un à la fois, un à la fois.

Ses talons claquaient sur les marches carrelées. Elle s'est annoncée à tue-tête :

— Charles, mon ange ! Voilà des visites.

J'ai ouvert la porte et Mrs Lee s'est dirigée vers moi, toute haletante. Son corps, court et dodu, était astucieusement dissimulé dans un tailleur noir. Elle s'affaissait sous le poids de ses bijoux : guirlandes de perles orientales, une énorme broche en grenats et exactement onze bracelets d'or. Une écharpe de zibeline drapait négligemment ses sept peaux sur ses épaules; une calotte de velours grenat était juchée sur ses cheveux roux et clairsemés. Sa coiffure, complètement ébouriffée, ne différait en rien de celle de Tike et Pike, ses deux caniches nains. Elle avait le visage d'un chérubin bienveillant.

— Ouf ! souffla Mrs Lee. Ah, ces marches ! Charles, il vous faut un ascenseur.

Je me tenais près de la porte et je la regardais arriver.

— Vous avez l'air dans une forme éblouissante.

— Ah, polisson ! gronda-t-elle tendrement. Je vous ai apporté un petit cadeau... du champagne.

J'ai mis le champagne dans le Frigidaire. Et j'ai attendu le monologue. Mrs Lee s'était installée dans une pose majestueuse sur le divan.

— Charles, mon ange, j'ai pensé à vous. À quelque chose que vous avez dit un jour. « On n'est pas vaincu tant qu'on n'est pas vaincu. » Vous vous souvenez d'Adolf ? Où a-t-il déniché ce nom allemand, ça je ne le devinerai jamais. Oh, mon ange, j'étais folle de douleur. C'est bien simple, je suis restée deux jours au lit. Impossible même de manger, mon ange. Mais le troisième jour, je mourais de faim. Je suis allée chez Schrafft's et je me suis offert un gueuleton. Après le dessert, je me suis dit : « Lee, ma cocotte, regarde la vérité en face. Adolf était un enfant de putain de la plus belle eau ! » Et c'est vrai qu'il l'était, mon ange. Et ces deux petits trésors l'avaient compris dès le début.

Elle s'interrompit pour regarder Tike et Pike avec amour.

— Quand Adolf s'asseyait à côté de moi sur le divan, Tike et Pike sautaient sur le divan d'en face. *D'en face*, mon ange. Jamais une seule fois ils n'ont consenti à s'asseoir sur le même divan que *nous*. Voilà comment je flaire les salauds.

Grâce à Tike et Pike, les chers petits anges.

Comme deux gardes d'honneur bien dressés, Tike et Pike se précipitèrent pour s'asseoir dignement aux pieds de leur maîtresse.

— Je donnais une petite soirée hier, Charles, et je vous ai téléphoné. Où étiez-vous, mon ange ? Il n'était que huit heures et demie et Chico m'avait plaquée...

À cette évocation, Mrs Lee s'interrompit encore et des larmes commencèrent à ravager ses trois couches de maquillage.

— Plaquée, mon ange. Et en me disant les pires horreurs. Ô, mon Dieu !

Mrs Lee s'est offert une longue succession d'amants et ne se berce pas d'illusions. Son désespoir est tout de surface. C'est toujours le même scénario, mais joué avec un jeune premier différent. Mrs Lee en Célimène sans âge – mais quand même en train de prendre un coup de vieux – vêtue d'une robe d'intérieur or et lavande, des rubans assortis dans les cheveux, dansant au milieu d'un bataillon de gigolos porto-ricains, ravissants petits jeunes gens manucurés comme des filles. Ou bien Mrs Lee, le visage comme blanchi à la craie, une serviette humide sur le front pour calmer sa migraine, hurlant, drapée dans des kilomètres de voile noir : « Va-t'en ! Tout de suite ! Retourne dans ta fichue île à la noix ! » Ou bien encore Mrs Lee, grondant, maternelle : « Ton anglais ne s'est pas amélioré. À quoi est-ce que cela te sert d'aller aux cours du soir ? Plus de chaussures à bout pointu de chez Florsheim ! Plus de vestons de daim, plus de ces pantalons collants ! Tu entends ? »

— Ô, mon Dieu, poursuivait Mrs Lee, c'est de quelqu'un comme vous que j'ai besoin, Charles.

— Chico va revenir, dis-je pour essayer de lui remonter le moral.

— Bien entendu, fit-elle avec indifférence. Ils reviennent tous, ces salauds. Mais, Charles, est-ce que vous pensez vraiment que je vais avoir une autre merveilleuse, merveilleuse histoire d'amour ? Comme l'été dernier ?

Je me souvins de la bouteille de champagne. Je savais ce qu'elle était venue s'entendre dire. Alors j'ai hoché la tête et j'ai affirmé de ma voix la plus lénifiante :

— Aussi sûrement que le soleil se lèvera demain.

CET APRÈS-MIDI, Mitch est venu me voir. Il m'a tendu une bouteille mystérieuse. Ses petits yeux ronds en boutons de bottines ne quittaient pas mon visage. J'ai dévissé le bouchon et j'ai reniflé. L'odeur était trop douce, écœurante.

— Vas-y, mec. C'est du sirop contre la toux. Prends-en une lampée, m'a proposé Mitch. Tu peux acheter ça dans n'importe quelle pharmacie. Tu n'as qu'à entrer et tousser comme un perdu. Je n'ai jamais eu de problèmes. Je suis si maigre qu'ils s'imaginent que je suis tuberculeux.

— Je croyais que tu marchais à la marijuana.

Mitch a planté ses yeux dans les miens :

— Tu en as ? Tel que tu me vois, je suis complètement ratissé. J'ai besoin de me remettre les nerfs en place. Parce qu'il faut que je fasse un coup, ce soir, que je ramasse un paquet de fric. Ça va vraiment mal.

Je savais ce qui allait suivre.

— Moi aussi, je suis fauché, tu sais. Je ne touche ma paie que mardi.

— Ah, c'est vrai, dit Mitch d'un ton pensif. Je t'assure que tu devrais laisser tomber ce boulot de messager. Avec le corps que tu as, tu pourrais te faire une fortune.

— Jamais dans ton écurie, papa.

J'ai dit ça en secouant la tête. Et en même temps, je me suis souvenu de ce qu'Alice m'avait confié un beau jour : « J'en ai gaspillé pour un million de dollars avant de découvrir que je pouvais le vendre. Même quand il n'y aura plus de clients pour le coton, il y en aura encore pour la chatte. »

— Chez moi, c'est une question de principe, était en train de dire Mitch tout en reluquant la bouteille marron. Dis donc, tu vas la boire, cette merde ?

J'en ai avalé une petite gorgée. Ça avait un goût de colle sucrée. Mitch a saisi la bouteille.

— Mec, j'étais si shooté que j'ai fait tout le chemin à pied. Depuis la 72e Rue Ouest. C'est comme je te le dis !

J'ai pris une autre rasade du sirop contre la toux et, au bout de quelques secondes, j'ai senti que ma tête se mettait à tourner. J'avais envie de boire un verre, mais je ne voulais pas en offrir un à Mitch. De toute façon, un seul verre ne lui servirait à rien. Les jours de dèche, nous faisions bouillir de l'eau et préparions une tasse de thé, puis nous jetions dedans une bonne dose de clous de girofle. Nous respirions le parfum et avalions le thé bouillant d'un seul trait. Aujourd'hui, je ne peux plus supporter l'odeur des clous de girofle.

Tout à coup, je lui ai demandé :

— Dis donc, Mitch, tu n'as jamais bu de l'extrait de citron ?

— Quoi ? Répète ?

— De l'extrait de citron. Ça chiffre dans les quatre-vingts pour cent d'alcool.

— Nom de Dieu, perce ton tonneau ! s'exclama Mitch.

Nous sommes allés jusqu'au placard qui me sert de

cuisine. J'ai ouvert une bouteille de soda. J'ai sorti un bloc de glace et le quart de litre d'extrait de citron que j'avais en réserve. Puis j'ai versé le tout dans une cruche. J'ai remué jusqu'à ce que le mélange acidulé soit frappé.

— C'est un cuistot de l'armée qui m'a passé le tuyau, dis-je en faisant goûter à Mitch.

Les petits yeux perçants de Mitch ne me quittaient pas. Il a dégusté une gorgée avec prudence. Puis il a promené sa langue de renard sur ses lèvres. Et enfin il s'est versé un grand verre.

— Ché-riii ! s'exclama-t-il. C'est foutrement chouette, ton truc ! Mec, nous pouvons mettre cette merde en bouteille et la vendre !

— Tu l'as dit, acquiesçai-je en remplissant un verre. Nous appellerons ça du jus de citron.

— Ouais, gloussa Mitch. Jus de citron.

On a descendu notre jus de citron. On s'en est versé une autre tournée. Et puis on est allé s'installer dans le living. Et là, on a épuisé toutes les ressources de l'extrait de citron. On rigolait bien en pensant à ces gosses cinglés du Bronx et de Brooklyn qui se dopent avec de la marijuana coupée d'origan et de valériane achetés chez les herboristes. Mitch faisait commerce de cette camelote. Tout le plaisir de la chose venait du fait qu'on imitait le caïd et puis que c'était le grand truc à la mode.

— Au poil, a dit Mitch. Au poil. Avec cette codéine et ce jus de citron, je ne peux pas faire autrement que de réussir un coup fumant ce soir.

Il s'est interrompu, puis il a repris :

— Ça t'embête, si je prends encore de cette merde ?

— Bourre-toi, ma vieille.

Mitch disparut un moment. Quand il est revenu du placard-cuisine, il arborait une expression grave et concentrée. Il a fouillé dans sa poche pour y trouver une cigarette et c'est sa brosse à dents en plastique rouge qui en est sortie.

La brosse à dents est tombée stupidement au sol. Je n'ai pas dit un mot.

Mitch a retroussé les coins de ses lèvres et j'ai vu ses dents. Mais ce n'était pas un sourire. Il a secoué tristement la tête :

— Tu vois, je voyage sans bagages. Ces putains sont bouclées en prison. Je n'ai plus un radis. Je ne peux pas payer la caution pour les faire sortir. Et si tu veux tout savoir, on m'a flanqué hors de ma piaule. Toute ma garde-robe, je l'ai sur le dos.

— C'est pas marrant.

Ce que je venais de dire était idiot. Et je me sentais aussi idiot que mes paroles. J'ai ajouté :

— Pourquoi est-ce que tu ne vas pas un peu tapiner dans l'East Side ?

— Je ne peux pas blairer ces tantouses pisseuses, dit Mitch en se renfrognant. Et tu sais que j'ai des principes. Pour baiser avec une tante, il faut que j'ai le béguin.

— Tu es sans abri, ma vieille.

— Mais je vais être le roi de la mise en l'air, ce soir. Tu vas voir comment je me débrouille. Fumant, ça va être !

Il avait toujours besoin d'être rassuré. Alors je lui ai dit :

— Ça marchera du tonnerre.

— Ouais. Mes nerfs se sont calmés. J'ai dans l'idée que je vais faire des étincelles.

— Bon, mais en tout cas, ai-je dit lentement, si tu n'as pas un endroit où t'écrouler, tu peux toujours remonter ici.

Mitch a souri, cette fois. Et pourtant il aurait bien voulu ne pas se trahir par ce sourire. Puis il m'a adressé un chaleureux clin d'œil de pote :

— Charlie, tu es un trésor.

AUJOURD'HUI, j'ai marché et marché dans les rues de New York sous la pluie. J'avais des livraisons à faire aux quatre coins de la ville. J'ai marché jusqu'à ce que mes pieds soient trempés comme une soupe, jusqu'à ce que je sente la pluie transpercer mon imperméable, mon chandail et ma chemise. Je me suis frayé un chemin à travers des hordes de New-Yorkais et de banlieusards, tous occupés à piétiner, à courir, à se bousculer et à râler. Finalement, j'ai effectué la dernière livraison. Et, à 7 heures du soir, j'ai grimpé mes cinq étages. J'ai repoussé la porte. J'ai donné un tour de clé. Je ne me suis même pas soucié d'ôter mes vêtements trempés. Non. Je me suis étendu sur mon lit, et je me suis demandé ce que je faisais dans cette ville. Je connaissais quelques réponses. Après la mort de ma grand-mère, il n'y avait plus rien qui me retenait dans le Missouri. J'avais toujours été un nomade. Alors, comme ça, pour rien, je suis venu à New York.

Mais je suis incapable de relier les fragments de ma vie. Ces pièces sales aux murs passés à la chaux, ce mobilier minable et disparate, l'odeur de putréfaction de ce vieil immeuble, le bourdonnement incessant des voix, de la musique et du trafic impatient là en bas dans la rue...

qu'est-ce qu'ils ont à voir avec moi ? Les Chinois disent que le premier pas marque le commencement d'un voyage de dix mille lieues. Mais quand fait-on ce premier pas ?

La tête enfouie dans l'oreiller, j'essaie de penser à des commencements, à mon passé.

« *Un de ces quatre matins, tu mourras, poupée chérie* », raille une voix qui jaillit d'un jukebox, dans le bar du rez-de-chaussée.

Au prix d'un effort gigantesque, je remonte les boyaux de ma mémoire, je retourne au Missouri.

C'est la mort qui me ramène en arrière, la mort de ma mère dans ce monde qui n'avait que quatre ans.

Elle avait été malade pendant deux jours, pas plus. Deux jours chauds du mois d'août.

La mort, c'était une petite maison pleine de monde, avec une façade dont la peinture s'écaillait.

— Pauvre petit. Comme il est mignon !

— Viens faire une grosse bise à la cousine Mary.

— Il ne comprend pas ce qui est arrivé.

— Pauvre petit. Comme il est mignon !

La mort, c'était mon père qui errait dans la maison et paraissait tout perdu, bien qu'à l'époque il ne vivait déjà plus avec nous.

Et c'était aussi grand-père, un homme grand et fort, avec une moustache en guidon de vélo, vêtu du costume noir des diacres.

— Viens là, fiston.

Il m'avait pris dans ses bras. Il avait fourragé dans mes cheveux avec ses grandes mains brunes. Il m'avait donné un bol plein de glace, avec des framboises par-dessus. J'avais attendu que la glace fonde et puis j'avais plongé mon doigt dedans et les framboises s'étaient mises à tourner en cercle.

Mais la mort, c'était surtout ma grand-mère. Debout devant le cercueil, elle regardait la dernière de ses quatre filles. Sa bouche était hermétiquement close et elle serrait un mouchoir dans sa main. Mais elle ne pleurait pas. Je ne pleurais pas non plus parce qu'on m'avait déjà dit que la mort était un long, très long sommeil et qu'on ne se réveillait pas avant d'arriver tout là-haut, au paradis. Les jours qui suivirent, j'ai souvent regardé le ciel et, dans mon cerveau d'enfant, je ne croyais pas que ce qu'on m'avait dit était vrai.

Puis il y eut la joie de vivre avec grand-père et grand-mère. Petits biscuits, gâteaux, lécher les grandes cuillers en bois. Aller à la pêche avec grand-père. Arpenter la place du Tribunal avec lui, écouter ses vieux copains et toutes leurs histoires sur notre Missouri boueux.

Vient le temps de l'école et je suis très timide. Je ne connais pas les autres enfants. Mais la maîtresse m'aime bien. Mes notes sont bonnes. Il y a des bagarres avec les gosses.

— Chouchou à la maîtresse !

— Tu crois que t'es plus malin que les autres !

— T'es qu'un sale nègre, comme nous tous !

— Ouais ! T'es rien d'autre qu'un sale nègre couleur de merde !

— Bâtard de métis !

Ella Mae était une jolie petite fille au teint foncé, aux yeux rieurs. Elle était maigrichonne. Elle avait de longues tresses. Elle me souriait pendant la récréation. Je lui donnais ma pomme.

Les années passent vite. Je deviens le garçon le plus populaire de tout le quartier. « Je trouve que c'est absolument merveilleux, la façon dont vous élevez ce garçon. » Voilà ce qu'on dit à grand-père et grand-mère.

J'ai treize ans maintenant, et j'aide le dimanche à l'école chrétienne. Je deviens un homme, au sens sexuel du terme.

La grand-mère de Mary Ann était une copine de ma grand-mère à moi. Elles cousaient toutes les deux pour la même association de bienfaisance. Par un chaud après-midi, elles sont sorties en nous laissant seuls, Mary Ann et moi. Nous avons bu de la limonade. Et puis nous avons mollement disputé quelques parties de 21. Au bout d'un moment, on en a eu assez de jouer aux cartes. Alors Mary Ann, qui avait seize ans, s'est mise à raconter des histoires de revenants. Le cadre s'y prêtait. Vieille maison victorienne, bourrée de meubles lourds et sombres ; tentures raides et poussiéreuses aux fenêtres et dans l'encadrement des portes ; odeur des fleurs de serre chaude. Pénombre des pièces où le soleil ne pénétrait jamais. J'étais fasciné par la maison de Mary Ann. On avait toujours l'impression d'y suffoquer, comme dans un rêve délicieux.

Tout à coup, Mary Ann m'a dit qu'elle avait sommeil. J'ai cru qu'elle essayait de se débarrasser de moi et je me suis préparé à partir. Mais non. Pas du tout. Elle voulait que je reste. Si je n'avais pas sommeil, je pouvais au moins lui tenir compagnie jusqu'à ce qu'elle s'endorme. Ça n'était jamais difficile de m'amener à faire quelque chose dont je n'avais pas envie. On ne me persuadait pas vraiment, mais je marchais quand même, pour me montrer bon copain. J'avais déjà découvert que cette manière d'agir me causait moins d'ennuis, qu'elle demandait moins de discussions et d'explications.

Alors j'ai suivi Mary Ann dans sa chambre à coucher, et j'ai pris bien soin de détourner la tête pendant qu'elle se déshabillait. J'ai quand même vu ses jambes et ses fesses quand elle est venue se pavaner devant moi en parlant à toute allure. Son corps nu éveilla mon esprit de 13 ans. J'aurais aimé demander à Mary Ann de rester immobile pour que je puisse la voir comme il faut. Mais j'étais trop bien élevé.

Mary Ann s'est glissée dans le lit ; moi, je me suis assis dans un fauteuil crapaud, très mal à l'aise, les ongles enfoncés dans la paume de mes mains.

— Viens te mettre au lit avec moi, me dit Mary Ann en gloussant nerveusement.

— Je ne veux pas me mettre au lit. Je ne fais plus jamais la sieste.

Mary Ann s'est redressée pour s'asseoir dans le lit :

— Tu sais, cette vieille maison est pleine de revenants. Rappelle-toi que ma tante Sarah est morte justement dans cette chambre. Si tu ne te mets pas au lit avec moi, eh bien elle peut parfaitement revenir se balader ici. Je te le jure, mon petit.

Je ne croyais pas trop aux revenants. Mais je n'avais pas envie de risquer le coup. J'ai sauté dans le lit de Mary Ann et j'ai tiré les couvertures par-dessus ma tête.

Mary Ann a gloussé tandis que ses mains longues et nerveuses exploraient mon corps comme des serpents froids. Et alors j'ai commencé à comprendre à quoi nous étions en train de jouer par ce chaud après-midi d'été. J'ai laissé Mary Ann me déshabiller. Je me suis placé sur elle. Et j'ai remué mon corps comme elle m'expliquait qu'il fallait le faire. Pourtant, je trouvais un peu ridicule de lever et d'abaisser mes reins comme je l'avais vu faire aux chiens. Et puis j'étais torturé par la peur, je me demandais ce qui arriverait si la grand-mère de Mary Ann entrait. J'ai joui. J'ai raidi mon corps et j'ai mis mes bras autour de Mary Ann. Je n'étais pas tout à fait convaincu par cette expérience nouvelle, mais pourtant je savais que j'essaierais encore.

Par la suite, il y eut toute une ribambelle de petites filles et, bien entendu, Mary Ann. Elle me fournissait en préservatifs que je cachais dans mes bottines d'hiver.

Le pasteur de notre congrégation était un homme d'un certain âge. Par un après-midi nuageux de cette année-là, il me fit venir dans son petit bureau, au fond de l'église.

— Tu as quel âge, fiston ?

— Treize ans passés, monsieur le pasteur.

— Tu es en train de devenir un petit homme. Je t'ai observé à l'école du dimanche. Un jour, tu feras un bon disciple du Seigneur. Tu en as toutes les qualités et tu te conduis déjà comme un adulte. Voilà ce qu'il faut pour être pasteur. Surtout, ne t'imagine pas que je vais essayer à toutes forces de faire de toi un homme de Dieu. Mais je voudrais que tu y penses. Tu pourrais être un excellent pasteur et faire beaucoup pour notre peuple.

— Oui, monsieur le pasteur.

— Tu es en train de devenir un petit homme, dit le pasteur en souriant jusqu'aux oreilles. Oui, monsieur, un vrai petit homme. Et je parie que toutes les gamines sont folles de toi.

Il vint se planter près de ma chaise et me caressa la tête en me regardant avec une lueur rieuse dans les yeux :

— Oui, monsieur, toutes les gamines te courent après. Tu dois l'avoir énorme.

Lorsque les soirées d'été s'allongèrent, devinrent plus

languides, grand-père se mit à répéter sans trêve: « Ce monde n'est pas mon foyer. » Il avait cessé de lire le journal local, le *National Geographic* et l'almanach. J'étais étonné, et un peu embarrassé. Mais je n'en dis rien à grand-mère. Nous étions très proches l'un de l'autre, mais nos secrets, nous les gardions enfermés dans nos cœurs. À l'époque, le questionnement du grand Pourquoi ne troublait pas encore mon esprit adolescent. Simplement, je savais que grand-père n'était plus l'homme des jours où nous allions à la pêche, où nous mangions des glaces. Je vieillissais. J'avais presque quatorze ans.

Plus grand-père avait l'impression que ce monde n'était pas son foyer, plus son esprit déraillait. Les gens commençaient à parler. Mais ils le faisaient avec beaucoup de tact ; tout le monde connaissait mes grands-parents. Nous formions une famille calme et respectable, une famille qui allait à l'église.

Nous avions l'habitude de nous asseoir sous la grande véranda de la maison pendant les longs soirs d'été du Missouri. Une nuit, grand-père se querella avec grand-mère. Par le passé, elle avait toujours été capable de le dominer, ou du moins de le calmer. Mais ce soir-là, elle ne put rien faire. Deux voisins vinrent le mettre au lit. Le médecin arriva. Il était sur le point de lui faire une piqûre quand le sommeil terrassa grand-père, un sommeil qui devait se transformer en mort à huit heures le lendemain matin.

Grand-mère et moi sommes restés seuls dans la petite maison de bois, dont la peinture s'écaillait. Seuls durant les nuits courtes et les longs jours interminables de cet été de mes quatorze ans. Et nous sommes devenus très proches l'un de l'autre.

À cette époque, je commençais à prendre conscience d'un sentiment avec lequel j'étais peut-être né et qui ne me quitterait jamais. Le sentiment de ma solitude.

Et ce sentiment est ici avec moi, maintenant. Ici, dans cette petite pièce sombre, à New York. Je me lève et je regarde par la fenêtre. La pluie n'a toujours pas cessé.

AU PETIT MATIN, accablé d'un morne désespoir, concentré sur moi-même, je parcours les rues. Les bars sont en train de fermer et une magie terrible, indéfinissable, se mêle à l'air frais. À New York, l'aube du dimanche possède cette qualité calme et subtile. Les solitaires, partout dans le monde, connaissent ce moment particulier de la matinée. Pas lents et mal assurés, votre image déformée dans les devantures qui ne sont plus éclairées. Regards en coulisse, coups d'œil envieux, honteux, lancés aux couples que l'on croise. Vous reconnaissez les solitaires, vos frères. Ils prennent une direction, et vous une autre. Mais chacun de vous porte en lui la perspective des journaux du dimanche, des cigarettes allumées à la chaîne, de l'eau du robinet, des flasques de whisky tenues en réserve, et le sentiment qu'il a laissé passer la chance de décrocher le gros lot du samedi soir.

Vous vous avouez vaincu, petit Waterloo personnel, vous montez les marches d'un pas lourd. Vous tournez la clé dans la serrure. Vous allumez l'électricité. Vous vous déshabillez. Vous arpentez le plancher et, finalement, vous essayez de dormir, sans que rien ne vienne vous réconforter sinon la promesse d'un autre lever de soleil.

Tout ce que l'on obtient dans ce monde a un prix qu'il faut payer. Ce qui scintille, ce qui reluit, le clinquant, les éjaculations offertes à un pays stérile. Tout.

Vous êtes seul, désormais, enseveli dans votre propre morale. Il faut que je quitte New York. Il le faut. Je mets de côté mes nickels, mes dîmes, mes dollars. Et cet hiver, je m'en irai.

Maintenant, le ciel du dimanche est bleu pâle et serein. Vers l'Est, un léger ballet de nuages blancs. Le soleil levant darde ses rayons d'or. On croirait que Dieu a brusquement ouvert Sa main toute-puissante sur le monde. Mon cœur désarme en présence de cette force. Je me sens soudain en paix dans ce petit matin. Le soleil me réconforte ; je suis emmailloté dans les replis de ces merveilleux nuages. Laissez les rayons du soleil caresser votre corps et vous vous sentirez sanctifié. Shirley a toujours dit que j'étais un saint, que j'avais manqué ma vocation, que j'aurais dû me faire prédicateur. *Tu en as l'étoffe, mon petit. Pourquoi t'égares-tu si loin du foyer* ?

VENDREDI. Ciel d'un bleu fané. Trente-quatre degrés à midi. Circulation embouteillée, grincement doux et régulier de l'autobus qui traverse Manhattan d'est en ouest.

Maxine, petit farfadet de sept ans au teint de miel, entre en trombe. Elle habite au second étage et a l'intelligence d'un gosse de douze ans.

— Je t'ai fait peur, Charles ?

Maxine jette ses bras autour de mon cou :

— Je t'apporte un cadeau. Un de mes fantastiques tableaux. Regarde !

Je lève lentement les yeux et je souris. Maxine raffole du mot « fantastique ». Maintenant, elle m'examine avec attention. Rien ne lui échappe, ni les yeux bilieux et injectés de sang, ni les poches qui sont en dessous, ni la barbe de deux jours.

Maxine a renoncé au dessin conventionnel des enfants. Elle traverse une crise d'abstraction. Le trait est ferme ; les couleurs s'harmonisent bien. Je l'ai emmenée une fois au MoMA, mais elle s'est montrée résolument hostile aux dieux de l'Art Moderne. Elle préfère ses propres abstractions.

Le tableau de Maxine comporte des carrés, des cercles et des traits verts, jaunes, noirs et marron qui s'entrecroisent.

J'essaie de manifester de l'intérêt ; mais je me sens déprimé.

— Qu'est-ce que c'est, mon poussin ? Je donne ma langue au chat.

— Oh, bon sang ! Tu n'y connais vraiment rien. C'est le Tip Top Parking avec le soleil qui brille en plein dessus.

— Et c'est très beau, dis-je en lançant un autre coup d'œil rapide au tableau. Je vais l'accrocher dans la cuisine.

— Non, Charles, ici. Il n'y a pas de lumière dans ta cuisine.

Le soir tombe très vite. Il s'abat toujours avec la brutalité d'un tampon encreur sur une enveloppe vierge. Par la fenêtre, je contemple le Tip Top Parking, mur de briques aveugle, gras de suie, et la sinistre façade de l'Elmwood Hotel, encore des briques, mais rouges cette fois. Des écrans de télévision et des lumières jaunes et brumeuses luisent à travers les vitres de l'Elmwood. Un visage irréel apparaît à une fenêtre garnie de rideaux bouton d'or et se retire aussitôt, fantôme timide.

Je vieillis au beau milieu du cœur impitoyable de l'Amérique. Je meurs la mort de l'argent américain.

— Il y a des masses d'argent là dehors, Charlie, ne cesse de me répéter Al, mon patron aux messageries.

Il brandit son cigare de luxe et ajoute :

— Tout ce qu'il faut, c'est trouver comment le ramasser.

Pourquoi est-ce que l'Amérique ne me laisse pas mourir tranquille ? Non. Ce pays continue à sourire ; le sourire est ici un soleil immobile. Le péché, c'est de continuer à croire, à espérer. Mais moi, je suis trop fatigué, trop effrayé désormais pour m'abandonner à ce péché.

LA BOURSE vient de subir sa plus grande dégringolade depuis le hara-kiri de 29. Mais, en fin de soirée, il semble que le marché des valeurs se ranime. Nous sommes mardi, le mardi 30 mai 1962. Et il est exactement 17 h 45.

Quatre courtiers, trois jeunes et un gros bougon d'âge moyen, sont occupés à se curer le nez devant tout le monde. Nervosité ? Soulagement après l'angoisse ? Quoi qu'il en soit, un seul des courtiers tient assez à l'hygiène pour se servir de son mouchoir. Je me trouve à la succursale de Park Avenue d'une maison d'agents de change de Wall Street. Et j'attends qu'on me donne les actions et les obligations que je dois emporter à la maison mère. Mais le téléscripteur crépite toujours. Tout le monde est sous pression. Personnellement, la seule chose que j'ai envie de faire, c'est de livrer la marchandise et de rentrer chez moi. Ce brusque aléa de la fortune me laisse de marbre.

Comme le dit Smitty, le garçon d'ascenseur italien :

— Les huiles sont occupées à foutre une drôle de pagaille. Et il y a sûrement quelqu'un qui est en train de se sucrer. Tu peux parier ton dernier dollar là-dessus.

Un autre garçon d'ascenseur a perdu quatre cents dollars

dans la dégringolade. Il a six enfants et trois cent cinquante dollars placés dans un compte en participation. Il vit dans un appartement de cinq pièces, sans ascenseur, sur la Deuxième Avenue. Il ne s'entend pas avec sa femme. La deuxième de ses filles a huit ans et vient de subir une opération délicate. Cet effondrement des cours n'arrange pas les choses. Il ne veut pas aller sur la tombe de son père demain et il se demande s'il devrait aller à l'église dimanche, c'est-à-dire, en fait, s'il prendra ou ne prendra pas une cuite à tout casser samedi soir. Il n'est pas gros buveur. Trente-trois ans, fluet, ses mouvements saccadés sont ceux d'un enfant arriéré. Il a la mine blafarde d'un homme qui passe huit heures par jour dans une tombe automatique, seul avec ses pensées, ses yeux ne regardant jamais rien que le vide.

Mais ici, au quatorzième étage au-dessus de Park Avenue, l'ambiance est à la jubilation. Si les voix, les rires sont un peu crispés, le sentiment général est que la journée s'achève sur une victoire. Un des courtiers plaisante :

— En tout cas, je ne vais pas être obligé d'aller à la banque du sang !

Ce trait d'esprit est salué par des ha-ha vigoureux, des éclats de rire à perdre haleine.

Maintenant, si vous le voulez bien, représentez-vous une pièce d'environ cinq mètres sur six : murs ivoire, épaisse moquette grise, reproductions de vieilles gravures anglaises, classeurs d'acier peints en vert pâle, pieds de lampes de style chinois et abat-jour de soie recouverts de plastique transparent. Le mur Est est percé d'une immense baie panoramique. Vous êtes ici dans la « salle d'opération », dans l'endroit où se fait tout le boulot. Il y a là Dieu, ou tout au moins son pendant ici-bas, le téléscripteur. Les téléphones sonnent. Les courtiers se curent le nez et guettent le vice-président tandis que la bande du télétype glisse entre ses doigts fermes et doux. Les courtiers griffonnent avec leurs crayons, prennent des notes. De temps en temps, une légère discussion s'élève. Les voix montent. Guerriers après la signature d'une trêve incertaine.

— Je plains les filles qui tapent les renseignements pour le téléscripteur, dit le vice-président. Elles doivent être crevées. De temps en temps, elles font une erreur de chiffre.

Dans la cage vitrée, les lumières sont fluorescentes et, sous cet éclat dur, je m'aperçois que tous les jeunes courtiers ont besoin de se raser. Seuls les courtiers plus âgés sont rasés de près.

Avec sa beauté vigoureuse et sa crinière de cheveux blancs, le vice-président est la vedette incontestée du lieu. Il porte un complet noir avec un gilet assorti et une chaîne de montre en or. Il a tout d'un superbe acteur irlandais. Ses yeux noirs sont polis comme du marbre et vifs, trop vifs. Ses manières sont amicales, même avec moi, le messager. Peut-être est-ce pour cette raison qu'il est vice-président. Mais il y a des moments où ses nerfs lâchent et où il force son rôle.

— Bon Dieu ! dit-il. Six heures et ça arrive encore. Vous vous rendez compte ? Ma femme et moi, bon Dieu ! Ça va être whisky-soda toute la nuit !

Un jeune courtier a envie de se tailler. Je n'aime pas son allure. Je ne crois pas que ça me plairait de l'avoir à mon service. On dirait un lycéen grandi trop vite et qui aura bientôt du ventre. Il a glandouillé. Il est entré et sorti sans arrêt de l'étroite cage vitrée, de cette cabine d'astronome. Il veut s'en aller. Qui lui téléphonera pour lui donner la clôture du marché ? Personne ne souffle mot. Alors il retire son chapeau et recommence à glandouiller.

Enfin, les téléphones ont sonné. La Bourse allait bientôt fermer. Pas de suicide pour aujourd'hui. Les courtiers recommençaient à humer le parfum versatile de l'argent.

Et je sais maintenant comment les hommes de la haute parlent à leur femme. Ça ressemble beaucoup à ce que font les gars de la classe moyenne et les petits cadres des compagnies pétrolières ou d'assurance.

Par exemple : voici un homme jeune, dans la trentaine, taille moyenne, cheveux châtains s'éclaircissant sur les tempes, nez et bouche sans histoire, lunettes à verres ronds cerclés d'écaille, chemise à rayures bleues et blanches (très chiffonnée, manches retroussées), cravate bordeaux (desserrée), pantalon anthracite.

Le voici donc, parlant d'un ton joyeux bien qu'il semble avoir du mal à sortir ses mots, comme si la salive était coincée dans sa gorge :

— Bonsoir, mon lapin... Oui, pas besoin de se bousculer. Je vais me raser ici et puis nous irons manger un morceau. Il faudra que je revienne ici... Oui, chérie. Nous irons à la soirée directement d'ici. Vers huit heures. Pas besoin de se bousculer... Viens quand tu pourras. Sois prudente.

Il rit. Il devait y avoir un sous-entendu complice, ou bien alors, étant donné que tout va bien, il s'imagine que sa femme possède le sens de l'humour. Peut-être qu'elle l'a, après tout. Il conclut, avec un claquement des lèvres :

— À tout à l'heure, mon lapin.

Le lycéen qui aurait grandi trop vite repasse devant moi. Il en a marre. Cette fois-ci, il se taille. Par-dessus son épaule, il lance un coup d'œil à la cage. Puis il me regarde et baisse brusquement ses grands yeux de vache.

J'attrape un journal financier et je lis le chapeau : les dernières nouvelles sur l'emprunt du dollar.

Le courtier aux cheveux châtains et aux lunettes rondes à montures d'écaille me sourit et secoue la tête :

— Drôle de journée, hein !

Autre coup de téléphone. Le courtier qui le donne est grand et blond, froid et triste. Il a un visage long, un cou plus long encore et les épaules voûtées. Tout cela s'accorde mal avec son bronzage, son complet de soie bleu marine et ses yeux vert d'eau. Il a remporté le premier prix dans l'épreuve du curage de nez. Le combiné du téléphone est coincé contre son cou et il joue avec son alliance en or.

— Allô, chérie. (On a l'impression qu'il rend le dernier soupir.)... Oui, chou... Oui, pars en avant. Oui, chou...

— Non. Taxi. Oui. J'attraperai celui de 6 h 25 ou bien celui de 6 h 48.

Il raccroche sans un au revoir et retourne dans la cage. Il a déjà la démarche lente et mesurée d'un vieil homme. Je suis sûr que c'est un type dans mes âges, vingt-neuf ans.

Puis le vice-président sort lestement de la cage. Il sourit et frotte ses mains qui, je le sais, ne sont jamais froides.

— Désolé de vous avoir fait attendre, mon gars. Vous savez comment aller là-bas ? Bon. Portez ça au septième étage. Ils vous attendent. Encore merci, mon gars.

Je prends les actions, j'effectue la livraison. Et c'est ainsi que cela se passait le 30 mai 1962 à la succursale de Park Avenue d'une firme de Wall Street. Pendant que j'attendais, le vice-président s'écria : « Nous sommes en train de faire l'histoire ! » Ainsi, d'une manière très, très vague, moi aussi j'ai contribué à la conclusion de cette journée historique. Moi, qui ne possède pas un foutu dollar.

UN APRÈS-MIDI, Al m'a envoyé au Centre de recherches d'Esso, à Florham Park, New Jersey. Ça représente une balade de près de cinq kilomètres une fois qu'on est descendu du train.

Je suis reparti pour la gare vers cinq heures et demie. Il y a des trains pour New York toutes les heures.

Le ciel était sombre et annonçait la pluie. Une grosse bagnole poussiéreuse et déglinguée s'est arrêtée à ma hauteur. Il y avait à bord un homme entre deux âges et une femme. Ils m'ont demandé si je voulais un bout de conduite. J'ai accepté et je m'apprêtais à m'installer sur la banquette arrière. Mais l'homme m'a dit de m'asseoir devant, avec lui et sa bonne femme. J'ai fait comme il le disait. La femme s'est tournée vers moi et m'a souri d'une façon maternelle.

— Merci pour la promenade.

J'avais dit ça pour dire quelque chose.

— Pensez-vous, a dit l'homme.

Il tenait le volant d'une main et mordait dans une carotte de tabac à chiquer :

— Contents de vous rendre service.

— Pa' et moi, on prend toujours les auto-stoppeurs, a dit la femme. On a un fils qui fait son service. Il nous a écrit pour nous dire que c'était rudement difficile de trouver quelqu'un qui vous prenne, même en uniforme.

— Vous êtes dans l'armée ? a demandé l'homme.

J'ai souri :

— Non, c'est fini.

On a roulé sans un mot jusqu'à ce que je rompe le silence :

— J'ai l'impression qu'on va avoir un orage.

— Ouais.

L'homme a pris une autre chique de tabac. Puis il m'a demandé :

— Qu'est-ce que vous êtes ? Portoricain ou Philippin ?

— Ni l'un, ni l'autre. Je suis un Noir.

— Ah bon, a dit l'homme d'un ton pensif. Vous ne voulez pas une femme ?

La femme a commencé à pleurer avant que je n'aie pu répondre. Et à gémir :

— Alfonzo...

— Dites donc, je vous ai demandé si vous aviez envie d'une femme.

J'ai répondu d'une voix éteinte :

— Je ne sais pas.

L'homme a quitté la grande route et s'est arrêté dans un chemin bordé de grands arbres verts. C'était un cul-de-sac. Non loin de là se dressaient les ruines d'une ferme délabrée. L'homme a laissé tourner le moteur. Ça faisait un bruit plaintif.

Il a enserré sa femme de ses deux bras :

— Bouge pas, Elvira.

— Oh, les choses que tu me fais faire !

Elle pleurait, essayait d'échapper à l'étreinte de son mari :

— Les choses par lesquelles je dois passer !

Puis la femme s'est tournée vers moi. J'étais assis, raide. J'écoutais le bruit râpeux du moteur. J'avais l'impression qu'une boule de feu était tombée entre la femme et moi.

— Les choses que tu me fais faire, Alfonzo, a soufflé la femme d'une voix éteinte, tout en écrasant son corps contre le mien.

Elle gargouillait comme un bébé qui ne sait pas encore parler. Je sentais ses cuisses douces et charnues.

— Lâche-moi, Alfonzo. Lâche-moi. Il me prend. Enlève tes mains de moi. Enlève-les, Alfonzo.

L'homme a lâché sa femme. Il n'a pas dit un mot. Il n'a pas regardé sa femme tandis qu'elle m'étreignait. Il avait posé sa tête sur le volant. Vers la fin, quand sa femme s'est mise à crier dans sa jouissance, l'homme a plaqué ses mains sur ses oreilles.

Je me suis redressé sur le siège :

— Il faut que je m'en aille. Il faut que j'attrape mon train.

— Bien, a dit l'homme.

La femme a agrippé le volant avec violence :

— Non !

— Ce garçon doit s'en aller, Elvira, a essayé d'expliquer l'homme.

— Tu gâches tout pour moi, a dit la femme.

Ils m'ont déposé sur la grande route et je les ai remerciés. J'ai regardé la voiture disparaître dans l'obscurité. Il tombait une petite pluie fine et pénétrante. Je pensais à ce type, à l'expression de son visage. On aurait cru que quelque chose de terrible lui était arrivé, il y a longtemps. Il en avait perdu le sentiment d'être un homme. Mais pour lui, désormais, cela n'avait plus grande importance. La résignation s'était incrustée dans les rides de son visage blême et bouffi, et sous ses yeux désespérés, remplis de larmes.

Tout en marchant jusqu'à la gare sous le ciel noir, j'ai respiré l'odeur de la terre mouillée.

AUJOURD'HUI, je suis allé voir Claudia dans sa piaule. Claudia, la Grande Duchesse, est un Noir incroyable, une folle travestie qui habite un peu plus bas dans ma rue. C'est un de mes copains et en tant qu'homme il n'y a pas grand-chose à en dire, mais il fait une gonzesse du tonnerre. Une fois qu'il est pomponné et habillé de vêtements de femme, Claudia écume les rues, prend le métro, prend le bus, et se fait lever par des hommes normaux qui, le premier choc passé, l'accompagnent souvent chez lui. Un de ses plus grands plaisirs consiste à demander des renseignements aux agents. À partir du moment où Claudia s'est maquillé et a fait le plein de drogue, une transformation mentale s'opère : il devient femme.

Il était au téléphone, quand je suis entré. En demi-travesti. C'est-à-dire qu'il avait fait ses grands yeux de biche et que, sur ce chapitre, il n'avait rien à envier à Joan Crawford. Il était vêtu d'une robe d'intérieur en dentelle rouge, toute simple, et avait un rang de perles autour du cou. Mais il ne portait pas son principal « accessoire », une perruque coûteuse qui, à l'origine, avait appartenu à un studio de Hollywood. Sans la perruque, il faisait penser à une gouine très féminine.

Claudia était camée jusqu'aux yeux. Elle riait comme une démente dans son téléphone blanc incrusté de pierreries. Je me suis servi un verre de *grappa* (cadeau d'un marin italien) et me suis assis. Il était capable de parler pendant une heure.

Claudia tapotait amoureusement ses boucles gominées et découvrait ses grandes dents blanches :

— Oh, mon petit, il faut que je vous raconte. J'ai ramené ce type chez moi et... oh, Miss Machin ! J'ai été obligée de lui montrer tout ce qu'il fallait faire. Tout, mon petit ! Quoi ? Oh, voyons, Miss Machin ! Costaud. Grand, des muscles grecs. Des muscles saillants de partout. Ah, mon petit, une vraie gueule d'ange. Je vous prie de croire qu'on s'en est payé une tranche ! Mais j'étais si vilaine quand je me suis réveillée ! Plus une boucle sur la tête ! Miss Bobby a essayé de se l'envoyer. Mais elle n'y est pas arrivée. Cette putain affamée ! Oh, Miss Machin, il faut que je raccroche. Charlie. Ouais. Miss Machin, il faut que je raccroche, mon petit. Faites un effort, mon petit. Trouvez quelque chose pour fleurir mon lit. D'accord, mon petit. Au revoir.

Claudia plaqua violemment le récepteur sur son support.

— Oh, mon petit, soupira-t-il.

Il trottina jusqu'à son orgue électrique, format de concert. Il y avait aussi une grande harpe dorée en face de la baie vitrée.

— Chantons « Plus près de Toi, Mon Dieu », dit Claudia avec beaucoup de dignité.

— Pourquoi es-tu tellement déchaînée, ma poupée ?

Claudia renversa sa tête en arrière et mit ainsi en évidence le détail qui trahit toujours, la proéminente pomme d'Adam :

— Mon petit, ta grande sœur est complètement bourrée. La tête de la Reine ne tient plus sur ses épaules. Mais qu'importe, je dois prier pour ces pauvres corniauds.

— De quoi diable es-tu en train de parler ?

— Tu n'as pas lu les journaux ! Tu n'as rien lu au sujet de ces petits aux Nations Unies ?

Claudia me tendit une cigarette de marijuana. Je l'allumai, aspirai une longue bouffée et la gardai en tête :

— Ah, ouais ! Tu veux parler de ces Africains aux Nations Unies. J'ai jeté un coup d'œil aux manchettes des journaux.

— Voyons, mon petit ! Ceux dont je te parle n'étaient pas Africains. Ceux dont je te parle étaient des Musulmans noirs de chez nous. De Harlem, mon petit.

— Tu plaisantes ?

La Grande Duchesse plaqua un profond accord tremblé tout en fermant à demi ses grands yeux. Sa bouche d'un rouge insolent était au bord de l'éclat de rire. Ses mains couvertes de bagues valsèrent sur les touches :

— Plus près de Toi, Mon Dieu... Amen !

— Et alors ? Continue ton histoire, poupée !

— Seigneur Jésus ! vociféra Claudia. J'ai vu les Musulmans noirs aux informations de onze heures. Ils se battaient comme des dingues. Il fallait deux agents pour maîtriser un de ces petits.

Claudia s'interrompit et secoua la tête. Puis elle plaqua ses mains sur l'orgue avec violence :

— J'espère que cette nuit ils vont nous montrer ces tordus au dernier journal télévisé. Seigneur Jésus ! File-moi une bouffée de ta cigarette. J'en ai d'autres en réserve.

— Qu'est-ce que les types de l'Association Nationale pour l'Avancement des Gens de Couleur ont déclaré ?

— Voyons, mon petit ! Ces petits étaient des Musulmans ou quelque chose dans ce goût-là. Ils n'ont rien à voir avec l'A.N.A.G.C.

— C'est vrai, dis-je en récupérant ma cigarette de marijuana. Et puis ces crétins de l'A.N.A.G.C. sont bien trop occupés à lécher les culs à Washington. Je me demande qui fait les pipes à qui au Capitole !

— Oh, mon petit, dit Claudia d'un ton mélodramatique. Tu sais ce que j'aimerais ? C'est me promener à travers tout le Pentagone en travesti du tonnerre de Dieu et de me taper un mignon petit général !

— Ça serait la preuve que nous vivons dans une *vraie* démocratie.

Claudia et moi, nous avons continué de nous repasser la cigarette de marijuana. Ensuite nous en avons fumé une autre. Et puis je suis parti.

Je suis retourné chez moi, dans l'obscurité de ma chambre aux murs blancs.

POUR FAIRE SON BEURRE dans le quartier chic de l'East Side si l'on n'a pas de bonnes relations, il faut au moins connaître le barman à la coule, dans le bar idoine, qui, moyennant pourcentage, vous procurera des clients. Mais les tapineurs d'un sexe comme de l'autre ne cessent de me répéter d'un ton triste :

— Bon sang, ma vieille, tu aurais dû te trouver dans les parages pendant la deuxième guerre mondiale. Ou même tout de suite après 50. Ça y allait drôlement, à l'époque. Tout ce que tu avais à faire, c'était de descendre à pied la Troisième Avenue. Tu pouvais même te permettre d'être grandiose. De refuser des passes.

Maintenant, le décor a bien changé. Grands immeubles neufs, commerciaux ou bourgeois, nouveaux lampadaires qui éclairent tout, flics qui vous tombent dessus comme la grande purge. Les clients ne sont plus si faciles à trouver. L'époque est à l'élégance, la stupidité et le tape-à-l'œil. Des tantouses qui semblent nager dans l'opulence ne sont souvent en fait que des garçons de bureau empanachés qui se privent de tout pour le privilège d'habiter un taudis sans ascenseur dans l'East Side. Et tous ces accents de Harvard disparaissent après le troisième Martini.

Pourtant, la Troisième Avenue possède encore aujourd'hui une sorte de charme élégant et suranné. Je m'y balade quelquefois. Je marche entre les merdes des chiens de riches qui poivrent les trottoirs et les transforment en mosaïque. Je lèche les vitrines des antiquaires, sachant parfaitement que je serai accosté par quelques élégantes. Je serai levé par un type qui m'offrira dix dollars plus les verres, ou bien par une fille tout droit sortie de l'Université de Vassar – riche, snob et imperturbablement sérieuse – qui voudra discuter jazz.

Mais cet après-midi là, j'avais traîné la savate pendant près d'une heure et rien ne s'était produit. J'en avais marre des élégantes qui me harcelaient comme si j'étais une chienne en chaleur. Et puis j'étais sûr que deux flics m'avaient repéré. Ils étaient à bord d'une décapotable bleue, au coin de la Première Avenue et de la 4e Rue. Je les avais revus à l'angle de la Troisième Avenue et de la 54e Rue. Deux jeunes types bien baraqués qui essayaient de se donner le genre décontracté de sportifs, de reporters, ou de petites frappes. Ils n'arrivaient pas à décider quelle était la pose la plus réussie.

Je suis entré dans une boîte de la Troisième Avenue, un bar aux lumières tamisées, reproduction coûteuse d'un cabaret irlandais, et qui puait la publicité, le tweed, les caniches et les femmes vêtues comme des gravures de mode : les habitants miteux de ce petit monde particulier. Une cage dorée pour New-Yorkais qui veulent se faire passer pour le comble du chic.

Je me suis dirigé vers un tabouret. Je me suis assis. À côté de moi, il y avait une femme aux cheveux bleu argent. Elle était belle. J'ai commandé un double scotch *on the rocks*. J'allais le faire durer un bon moment, puis lèverai le camp si rien ne se passait.

Dans tout le bar, il n'y avait que deux solitaires : la femme et moi. Je sentais qu'elle en était consciente elle aussi, car elle a tourné un bref instant son élégant visage dans ma direction. Elle avait des yeux qui faisaient penser à une rose à peine éclose. Sa robe noire toute simple, son unique rang de perles, son expression lasse et blasée m'attirèrent. Elle avait l'air libre, sacrément sûre d'elle. Et, c'était encore plus important, elle semblait être elle-même.

Il ne fallut pas longtemps pour qu'une vieille tante – cheveux blancs, visage ridé, bronzage à la lampe – ondule jusqu'à moi pour me déclarer carrément que j'étais la plus mignonne des petites choses et que peut-être il pourrait me payer un verre ? J'ai remué la tête, tout en me donnant un mal de chien pour rester charmant malgré mon refus.

Lorsque la tante épilée se fut éloignée, la femme s'est de nouveau tournée vers moi avec le même sourire qui n'engageait à rien. Puis elle a commandé un autre daiquiri et a cherché du feu. C'était à moi de jouer.

— Merci, a-t-elle dit quand je lui ai allumé sa cigarette.

Puis elle est retournée à son stock personnel de rhum glacé et de jus de lime.

Un peu après, la femme m'a demandé si j'avais envie de faire une balade en voiture.

Le bar fermait et nous sommes partis ensemble. La femme pilotait sa grosse Chrysler comme un homme. Elle a passé en virtuose tous les feux synchronisés, traversé le pont de Queensboro et continué à foncer jusqu'à ce que nous arrivions presque à l'extrémité de Long Island. L'air s'était refroidi. Je pouvais sentir l'odeur de la mer.

Niki – c'était le nom qu'elle avait utilisé à partir du cinquième verre ; au second, elle avait dit : *Mrs Sally Overton Wythe* – Niki habitait une maison de pierre meulière, une longue maison basse aussi élégante que sa propriétaire. Nous avons pénétré dans une entrée dallée de marbre. Miroir vénitien doré surmontant une console chinoise. Et j'ai compris à quel point j'étais déplacé dans ce décor. J'avais besoin d'une coupe de cheveux, je portais une chemisette défraîchie et un pantalon kaki tout chiffonné.

Nous avons bavardé pendant une heure au son d'une musique de clavecin que déversait un vieux phono Atwater Kent. Jusque-là, Niki avait adroitement esquivé mes tentatives de flirt. La seule chose qu'elle avait faite, c'était de caresser mon visage dans l'entrée. Ses mains douces m'avaient palpé comme un aveugle qui tâtonne pour trouver son fauteuil préféré.

— C'est incroyable ce que votre peau est douce. On dirait la surface d'une brioche. Vous me rappelez mon fils. Il s'appelait Robin. Il a été tué lorsqu'il était encore au lycée.

Ç'avait été tout. Au bout d'un moment, j'ai déclaré :

— Il commence à se faire tard. Allons nous coucher.

Niki était assise toute droite dans son fauteuil Empire en bois noir. Elle pianotait sur le verre de scotch qu'elle tenait entre ses paumes. Elle fermait les yeux comme une femme qui n'a jamais vu l'aube ou la lumière du petit matin. Peut-être qu'elle ne voulait pas voir.

Je ne pouvais plus supporter ce silence. J'ai ôté ma chemise et, torse nu, je suis allé en titubant me planter en face de Niki. J'ai renversé sa tête avec ma main. Elle s'est détournée avec colère. Elle s'est dérobée. J'ai senti son corps se raidir.

— Oh, bon sang ! Ne soyez pas si femme du monde !

Je me suis penché sur elle et j'ai posé ma main sur son épaule. Elle retenait son souffle autant qu'elle pouvait, et puis elle le laissait échapper en hoquets profonds et convulsifs.

— Décide-toi, chérie. Il commence à se faire tard.

Puis je l'ai arrachée à son fauteuil. Et je l'ai prise dans mes bras. Avec la haine que les gens vomissent dans les moments de faiblesse, j'ai dit :

— Regarde-moi, femme blanche. Regarde-moi bien. Je suis ce que tu veux et ce que tu ne veux pas. Je sais que dans la rue, tu passerais devant moi comme si j'avais la peste. Et je le sais, c'est parce que je suis beau gosse que je suis entré par la grande porte. Sinon, la porte de service, mon garçon ! Alors décide-toi.

Elle s'est mise à gémir :

— Je vous en prie. Je vous en prie, essayez de comprendre...

Sa voix s'est brisée. Ses lèvres ont effleuré mon cou. Ses larmes ont ruisselé le long de ma poitrine nue.

Nous sommes passés dans la chambre à coucher. Une belle pièce froide, aux tons gris et blancs. Niki pleurait doucement lorsque nous nous sommes mis au lit. J'ai essayé de calmer son chagrin et d'arrêter ses larmes. Je l'ai prise dans mes bras avec précaution et j'ai caressé ses cheveux d'argent jusqu'à ce qu'elle s'endorme. Même si je ne connaissais et ne comprenais rien d'autre, je connaissais et comprenais l'abandon et la solitude. On a l'impression que tout son souffle est aspiré dans un ballon. On a l'impression d'être tout seul dans une pièce obscure. On est sûr que son cœur bat pour la dernière fois ; et on pense que ça n'a vraiment aucune importance. N'importe quoi vaut mieux que d'être conscient de sa propre respiration.

IL EST CINQ HEURES de l'après-midi. Par ma fenêtre, je contemple un ciel digne de Tiepolo au-dessus des buildings gigantesques, irréels comme la mort. Les nuages, dans les couleurs de Tiepolo – mauve, blanc nacré et bleu tendre –, semblent aussi irréels en cet instant, dans le ciel de New York. En cet instant, où une brise agréable survient et s'en va aussi soudainement que si elle avait soufflé par erreur sur une ville mutilée. Même la queue du cheval isabelle de l'agent qui règle la circulation est raide comme une brosse à cheveux.

Et les voilà qui passent, les voilà qui passent, ces joyeux tordus aux pas pressés, les employés de bureau. Ils ont trouvé leur niche dans ce monde et ils vont se démerder pour que vous le sachiez, que vous ne fassiez rien de stupide qui risque de détruire leur petit univers. Bourgeois jusqu'au trognon. Et voilà les miens, les gens de ma race, qui passent aussi comme autant de points noirs dans un champ blanc. Flot noir et blanc, voix perçantes et éraillées, comme celles de gosses rendus enragés par la faim. Gémissements du trafic embouteillé et hoquets de la ville nauséeuse. Non, non, je n'appartiens pas à ce qui défile là.

Un des employés du Tip Top Parking braque ses yeux sur moi. Ils portent tous des uniformes verts et mal coupés. Pourquoi t'obstines-tu à me fixer ? Est-ce que ta vie manque à ce point d'intérêt ?

Les gens qui dînent au *Steak de Paris* ont droit à une vraie scène folklorique : un gosse gitan complètement nu est debout sur le somptueux coffre arrière d'une Cadillac. Il mord dans une orange. La mère du gosse danse une sorte de gigue. Elle rit. Ses yeux immenses, des yeux de chat, visent un marin qui approche. Le marin est en uniforme blanc, empesé. En passant devant la femme, il porte sa main droite à sa braguette.

Il n'y a pas un souffle d'air. Je contemple la paralysie des Américains momifiés qui attendent leurs voitures pour retourner en banlieue.

Maintenant le ciel est d'un gris perle qui s'évapore, avec des touches de lavis mauve. Le crépuscule tombe comme un lourd rideau de velours, chaud et poussiéreux.

Claudia, la Grande Duchesse, sort avec Lady P., son minuscule chien égyptien.

Plus tard dans la soirée, Shirley m'appelle et nous nous disputons, comme d'habitude.

— Quelquefois, je me sens si proche de toi, m'a-t-elle dit un jour. Et puis à d'autres moments, je ne sens rien. Tu es là. Je te vois. Oh, je n'y comprends vraiment rien.

Et puis j'ai entendu le gardien m'appeler. Je n'ai pas répondu. Calme écrasant que je ne peux rompre.

JE FAIS UN TAS DE COURSES POUR LE MONDE DU THÉÂTRE. C'est très agréable d'entendre la célèbre voix enrouée de Tallulah Bankhead quand elle gronde ses chiens. Irene Manning est aussi ravissante avec des bigoudis que sous les feux de la rampe, et le café qu'elle prépare est vraiment du tonnerre. Julie Harris comprend très bien ce que représente une longue marche à pied à travers la ville par une nuit neigeuse, quand le froid vous coupe la peau. Eli Wallach et sa femme, Ann Jackson, sont toujours fous de joie quand ils reçoivent des manuscrits. Mais toutes mes livraisons ne concernent pas que des gens célèbres. Quelquefois, je dois livrer chez un jeune comédien ou une jeune comédienne qui monte.

C'était justement une course de ce genre que j'avais à faire l'autre jour, une livraison à un jeune acteur qui habitait le coin le plus misérable de Manhattan, dans une impasse de ce souk incroyable qui s'est formé entre les rues Delancey et Orchard.

L'immeuble était une sorte de logement ouvrier. Le corridor avait été peint d'une vilaine couleur beigeasse. Les murs, couverts de graffitis obscènes. Par endroits, la peinture s'écaillait, mettant le plâtre à nu. Il faisait beau, il y avait du soleil, mais là-dedans, on ne voyait pas à trois pas. Il a fallu que je craque une allumette pour lire les noms sur les boîtes à lettres. Celui du comédien n'y était pas. Celui du gardien non plus. Il ne me restait plus qu'à demander aux locataires.

J'ai frappé un peu partout et, n'obtenant pas de réponse, j'ai grimpé une volée de marches branlantes. Au premier étage, par une porte entrouverte, j'ai entendu un son étrange, plaintif.

J'ai frappé à la porte, une porte plaquée de tôle comme celles des toilettes dans les gares de banlieue, et j'ai passé la tête dans l'entrebâillement.

— Excusez-moi, mais je...

Une Portoricaine était assise sur le bord d'un lit garni d'un couvre-pied rose. Elle a levé les yeux vers moi, puis elle a baissé la tête comme si elle se mettait à prier. C'était d'elle que sortait le son plaintif.

Il y avait deux autres Portoricaines dans la pièce, robes noires et bas de coton noir. Elles avaient de belles moustaches, des cheveux nattés et soigneusement disposés en couronne. Elles m'ont dévisagé avec curiosité.

— Qu'est-ce que c'est ? a demandé la femme qui était sur le lit.

Puis elle a joint les mains et s'est mordu les lèvres :

— Vous êtes de la police ?

Je ne pigeais rien de ce qui avait pu arriver. La chambre sentait aussi fort que si un millier de gens avaient vécu dedans et y étaient morts, et pourtant la fenêtre était ouverte, la pièce soignée, égayée par des rideaux blancs bien amidonnés et par des plantes vertes.

— *Media, media,* a dit une des vieilles femmes.

Je me suis retourné et j'ai vu ce qu'elle désignait du doigt : un petit ballot, dans un coin, près d'une commode en bois blanc. Le ballot était posé sur le linoléum bleu et luisant comme s'il attendait qu'on le ramasse et qu'on l'emporte.

Je suis allé me pencher sur le ballot. Et je l'ai inspecté. À l'intérieur se trouvait un bébé portoricain. Mort. Il pouvait avoir un mois. Complètement nu, il avait la tête tournée sur le côté gauche. Un cercle de sang s'était coagulé et avait formé une croûte autour de sa bouche et ses petites mains potelées étaient dressées au-dessus de sa tête. Il avait un bleu sur la joue droite, comme s'il était tombé contre quelque chose, ou comme s'il avait été giflé, frappé à coups de pied.

J'ai refermé le ballot et j'ai regardé dans la direction de la femme assise sur le lit. Tout son corps tremblait. Mais elle avait cessé de produire le son étrange. Elle frottait ses mains l'une contre l'autre et regardait les deux vieilles. Mais moi, elle ne me regardait pas.

Je lui ai tendu mon paquet de cigarettes. Elle en a pris une. Mais sa main tremblait trop fort. Il a fallu que je lui plante la cigarette dans la bouche. Elle est tombée de ses lèvres. La femme a mis ses mains sur sa bouche pour essayer de contenir le son bizarre qui reprenait. J'ai passé mon bras autour d'elle. Elle est tombée contre ma poitrine comme un poids mort.

Une des vieilles est allée dans la cuisine et l'autre est venue se planter devant moi et m'a dévisagé. Puis la première est ressortie de la cuisine avec une tasse de café au lait. Je me suis forcé à la boire, parce que j'avais l'impression que c'était la seule chose à faire.

Peu à peu, le bruit a cessé. La femme m'a demandé une cigarette. Cette fois, elle a pu la tenir. Elle a aspiré de longues bouffées profondes. Puis elle s'est mise à parler. Son mari était rentré ivre et il avait réclamé de l'argent. Elle n'avait pas voulu lui en donner, alors il l'avait battue. Dans une suprême manifestation de vengeance, il avait empoigné le bébé endormi et l'avait balancé à travers la pièce.

Ça s'était passé dans la nuit. Lorsque le type était parti, la femme avait appelé ses deux tantes qui habitaient plus bas dans la rue. Depuis, elles étaient restées assises en silence, incapables de bouger. Une chose était bizarre, a dit la femme en reniflant et en regardant la fumée qui montait vers le plafond bas, c'est que personne n'était venu la voir. Les voisines débarquaient toujours à l'improviste pour boire un café. Mais pas aujourd'hui.

J'ai dit que j'allais appeler la police. La femme m'a remercié. Les deux vieilles m'ont suivi jusqu'à la porte en souriant. Peu après, j'ai appris que le comédien avait déménagé dix jours plus tôt pour aller s'installer à Brattleboro, dans le Vermont.

ON N'EST ENCORE QU'AU MOIS DE JUIN et, déjà, je suis ivre du rêve de quitter New York, d'aller en Europe, d'aller n'importe où. J'ai toujours été un nomade. Je me rappelle la première fois que j'ai filé de la maison. J'avais huit ans. Grand-mère venait tout juste de m'acheter une paire de chaussures marron et blanches. Par un bel après-midi d'été, j'ai fourré deux sandwichs à la confiture et au beurre de cacahuète dans le carton des chaussures, et je suis parti à pied. Je voulais aller chez mon arrière-grand-mère. Elle habitait une autre ville, à plus de cinquante kilomètres. J'avais déjà parcouru cinq kilomètres quand un ami de ma famille m'a repéré sur la grand-route.

À quatorze ans, je faisais du stop toutes les semaines. J'allais passer le week-end à Kansas City ou à St-Louis. Je savais que ça plongeait grand-mère dans l'inquiétude, mais je ne pouvais pas tenir en place. Vous vous demandez sans doute ce que peut faire un garçon de quatorze ans tout seul dans une ville ? Eh bien, je marchais, j'errais, je rencontrais toutes sortes de gens. J'allais au cinéma, dans les musées, à la bibliothèque. Je me souviens d'une vieille dame. Elle était petite. Elle portait un chapeau dans le genre de ceux qu'arborait la reine Mary d'Angleterre et parcourait la bibliothèque de Kansas City en distribuant des billets doux aux jeunes garçons :

« Tu te sens seul ? Alors très bien. Viens chez moi. Je te donnerai à manger et te remonterai le moral. » Voilà ce qui était griffonné sur du papier à lettre rose et parfumé.

Un après-midi où il faisait chaud, je l'ai suivie chez elle. Elle habitait un petit appartement encombré, juste au-dessus du bouquiniste qui fait le coin de la 12e Rue et de la rue Vine. Miss Sally vivait là avec deux douzaines de pigeons qui voletaient à travers la chambre gris souris. Je m'en souviens comme si j'y étais. Un piano mécanique tintait joyeusement au son d'une musique de bastringue et Miss Sally dansait une gigue tout autour de la pièce, en gazouillant comme un épouvantail ivre. Je n'avais pas voulu ôter ma chemise. J'avais refusé la tasse de chocolat chaud. Et plus tard, à la bibliothèque, Miss Sally a fait semblant de ne pas me voir ; elle est passée devant ma table en valsant et en chantonnant : « Vilain petit Moricaud. »

Je me souviens aussi d'être arrivé à Kansas City vers 4 heures du matin. J'étais allé à la gare routière et je m'étais installé sur un banc pour essayer de dormir. Un type s'est approché et a engagé la conversation. Est-ce que ça me dirait d'aller chez lui et de dormir après un bon petit déjeuner ? Je l'ai suivi. Quand je suis sorti de la douche, il m'a pris dans ses bras :

— Tes yeux se ferment, mon petit gars. Mets-toi au lit.

J'étais trop timide pour demander ce qu'il était advenu du plantureux petit déjeuner. Je me suis endormi. Mais bientôt, comme j'étais dans ce royaume obscur, à mi-chemin entre l'état de veille et le sommeil, je découvris que quelque chose arrivait à la partie inférieure de mon corps. J'avais trop peur pour hurler, mais je me suis tortillé, je me suis retourné sur cet immense lit, un lit tel qu'on en voit dans les films, avec un chevet de cuir incrusté de simili ivoire et planté de clous à tête de cuivre. J'avais l'impression que j'allais mourir. En silence, j'ai prié Dieu pour que ce qui était en train d'arriver, quoi que cela puisse être, prenne fin. Et bientôt, cela prit fin. L'homme a dit :

— Allez, mon petit gars, empoche ces deux dollars et fiche le camp en vitesse. Ma femme va bientôt rentrer.

Lorsque j'ai rencontré Mr X., ainsi que je l'avais baptisé, je n'étais plus un néophyte. Un samedi soir pluvieux, j'étais assis sur un banc en face du grand magasin Jone's et Mr X. est arrivé d'un pas nonchalant, géant élégant dans son complet rayé. Ses boutons de manchette en or luisaient dans l'obscurité. Il a abaissé ses yeux jusqu'à moi. Il a détaché l'œillet qui fleurissait sa boutonnière, l'a jeté à mes pieds et m'a sorti une grande tirade en français. Puis il m'a pris par la main et nous nous sommes éloignés sous la pluie. Ce fou dingue n'arrêtait pas de parler. J'avais envie de déguerpir. Mais il mesurait plus d'un mètre quatre-vingts et je n'étais qu'un gringalet de quinze ans. Nous sommes allés dans son ravissant *pied-à-terre*, comme il l'appelait. Il y avait beaucoup de tableaux et de livres. Mr X. parlait sans jamais s'interrompre. Mais il ne me toucha pas une seule fois. Je me rappelle qu'il se disait à la « ménopause » de sa vie. Je me suis souvent demandé si Mr X. s'était suicidé.

Et ensuite, il y a eu une femme noire, une chanteuse de blues. Je n'ai jamais essayé de savoir si elle avait connu ma cousine Ruby. Elle aurait pu. J'avais l'habitude d'aller la voir à quatre heures, tous les samedis après-midi. C'était le moment où elle se levait et elle était toujours d'une humeur de dogue.

— Ah, c'est toi, espèce d'enfant de putain ! Fais-moi un café noir ! Et descends me chercher du gin. Seulement je te préviens que si tu en bois une goutte – une seule goutte – je te tannerai le cuir. Tu m'entends ? Mais enfin, d'où diable est-ce que tu sors ? Si jamais tu as les flics au train et qu'ils viennent te chercher ici, et mon canard je connais des tas de flics, ils mettront ton joli petit cul en prison. Tu m'entends ?

Elle avait beaucoup d'amants à qui elle faisait une vie de chien et qu'elle bombardait de tasses de café ou de bouteilles de gin vides.

— Eh bien oui, bordel de Dieu, j'ai foutu la pagaille ! Mais c'est moi qui paie, non ! Et c'est pas pour rien que j'ai une femme de ménage !

Pourtant, dès que nous étions dans sa décapotable rose et que nous partions pour le club, la râleuse disparaissait :

— Mon canard, tu vas t'asseoir en bord de piste, ce soir. À la meilleure table de la boîte. Et si tu veux une putain, tu n'auras qu'à le dire. Ne rougis pas. Tu es un petit matou effronté...

Pendant ma seconde année de lycée, au Missouri, je me suis mis à lire tout ce qui me tombait sous la main. J'étais le meilleur client de la bibliothèque municipale de Sedalia, Missouri. Je n'oublierai jamais les femmes merveilleuses qui tenaient la bibliothèque. Elles me permettaient de lire même les livres soi-disant pour adultes. Mais, au bout de quelque temps, les week-ends à Sedalia, St-Louis et Kansas City ne m'ont plus suffi. Des mondes inconnus m'appelaient.

Un dimanche soir, trois mois avant les examens, j'ai sauté par la fenêtre de ma chambre avec soixante-quinze dollars que j'avais soigneusement économisés. Et j'ai mis le cap sur la Californie.

J'ai réussi à me faire prendre en stop par un chauffeur de poids lourd, un gars très sympa qui allait à Albuquerque, dans le Nouveau-Mexique. Je me rappelle avoir traversé quantité de petites villes tranquilles, sinistres. Je me souviens du moment où nous avons percuté en pleine face du Texas, immense, plat, poussiéreux et écrasé par le soleil. Je n'ai pas eu cette fameuse sensation de grandeur dont parlaient les livres. Après tout, ce n'était qu'une succession de plaines et de rivières taries. Trop d'arbres avaient été abattus. Les villes donnaient l'impression que les aiguilles du temps s'étaient arrêtées. En passant dans la rue principale d'un patelin du Texas, je me souviens d'avoir lu un panneau : « Nègre, Sors De Cette Ville Avant Le Coucher Du Soleil. » J'ai fermé les yeux, je me suis endormi, et lorsque je me suis réveillé, nous étions au bout du parcours, à Albuquerque.

Je suis sorti du camion et me suis aperçu que c'était de nouveau le matin. Le ciel était d'un bleu turquoise. Un soleil rouge-rosé apparaissait derrière les montagnes Rocheuses. Un vent violent s'est levé, suivi d'une tempête de sable. Je faisais vigoureusement signe du pouce aux voitures et aux poids lourds qui passaient à toute allure. Personne ne s'arrêtait, pas même les Noirs. Je suis resté planté là toute la journée et, vers le soir, deux jeunes types dans une bagnole poussive se sont arrêtés. Ils étaient en route pour la Californie où ils comptaient trouver du travail. Les choses allaient mal partout, disaient-ils. Mais d'après eux, la Californie, l'exception, était la Terre promise, la terre du lait et du miel.

Cependant, je me rappelle Los Angeles comme une version de l'enfer.

J'avais mis ma valise à la consigne de la gare routière et, ce premier jour, j'ai suivi à pied Sunset Boulevard jusqu'à Beverly Hills. Un jeune type à l'élégance un peu équivoque, au visage grêlé, m'a levé dans un drugstore. J'ai d'abord pensé qu'il était pédéraste, et puis je me suis aperçu que c'était un camé. (Plus tard, en Corée, j'ai compris que mes grands yeux bruns noyés me donnaient l'air d'un camé. Les dealers passaient leur temps à pointer vers moi leurs doigts maigres et à me demander à quoi je fonctionnais.) Ce jeune type habitait un appartement dans une résidence qui dominait Sunset Strip. Il vivait là avec sa sœur, Maria, une fille diaphane, aux longs cheveux qui lui descendaient jusqu'à la taille. Maria et moi, nous faisions l'amour dans les après-midi fraîches, quand son frère n'était pas là. En fin de compte, il me prit en affection et me dit un jour :

— Mon petit père, tu es un gosse sensible. Ma sœur a besoin de quelqu'un comme toi. Et puis merde, je vais te payer au mois, juste pour que tu restes avec elle.

Et c'est ainsi que le petit paysan commença d'évoluer dans le monde souterrain des drogués ; là où il n'y a ni jour, ni nuit, mais un interminable crépuscule doré, si toutefois vous avez votre « dose ». Sans cette dose providentielle, il ne vous reste même pas trace de vos rêves ; nuit noire de l'âme pendant laquelle vous essayez d'escalader des murs. Comme prime au premier achat, on vous donnait deux cigarettes de marijuana pour le prix d'une.

Je me souviens d'une fille affalée dans une ruelle, derrière un club de jazz. Elle hurlait :

— Faites-moi une piqûre ! Faites-moi une piqûre ! Par pitié, faites-moi une piqûre ! Je ne peux pas continuer à souffrir comme ça !

Je me rappelle aussi le geste d'un marchand de journaux de soixante-quinze ans, tenant cinq « bulles » d'héroïne enveloppées dans une édition du matin et les donnant à un taxi qui attendait.

Californie. Garçons mexicains aux longs cheveux gominés et aux chemises de sport criardes, attendant que leurs riches entreteneuses reviennent de Pasadena et de Santa-Monica – femmes payant pour ce qu'elles ne pouvaient avoir gratis à la maison. Vieux et vieilles assis dans les parcs, parlant de leur pays natal avec l'accent traînant du Middle West. Bleu invraisemblable de l'océan Pacifique. Immeubles et maisons grotesques, couleur de bonbon fondant. Devantures de magasins peintes d'un blanc pur, abritant des églises pour Noirs d'où jaillissait de délirantes musiques pentecôtistes.

Un vieux cabriolet Lincoln devant le cabaret Mocambo. Le chauffeur crache sur ses chaussures, tire sa pochette, brique ses chaussures avec le mouchoir et dit :

— Eh, gars ! Tu ne voudrais pas te faire trente dollars ? Il faut baiser une vieille bonne femme à cheveux blancs.

Je me souviens enfin d'un barbu avec une couronne d'argent terni sur la tête qui se prétendait le fils de Jésus-Christ ; et d'une femme en complet veston, bâtie comme un boxeur, qui disait : « Viens à moi, mon enfant. C'est aujourd'hui le jour de ton salut. » Et, dans un sens, elle avait raison. J'ai découvert que Maria était enceinte et ma cousine, Ruby, a débarqué du Missouri pour me chercher. Nous avons regagné le Missouri par un bus de la Greyhound et nous n'avons pas échangé trois mots pendant tout le voyage. Je n'ai jamais su si Maria avait eu son enfant ou non.

Une fois à la maison, j'ai travaillé par intermittence, retournant en stop à Kansas City pour les week-ends. J'ai lu des quantités de bouquins et essayé d'éviter les gamins avec lesquels j'avais grandi. À dix-huit ans, j'avais mordu dans ma première tranche de vie, et j'en voulais davantage.

Je passais mon temps à dire à Ruby que je cherchais quelque chose. Quoi ? me demandait-elle chaque fois. Je ne sais pas, répondais-je. Mais je le saurai quand je l'aurai trouvé. Tu me fais chier, disait Ruby.

RUBY STONEWALL, MA COUSINE, répétait souvent :

— Tu sais ce que c'est, avoir le cafard ? Ça n'est rien d'autre que rester assis, se balancer et se sentir trop malheureux pour sortir de son fauteuil.

Je me rappelle la première fois que j'ai vu Ruby. C'était au Missouri, durant cet été de solitude qui a suivi la mort de mon grand-père. Ruby était venue nous rendre visite, à ma grand-mère et à moi. Elle devait passer avec nous la fin du mois d'août. Mais elle n'est jamais repartie.

Je la revois, assise dans le petit living étouffant de chaleur. Elle se balançait dans le fauteuil à bascule de grand-père, dans son vieux fauteuil de chêne au dossier canné. Elle fumait sans arrêt. Pour moi, c'était la plus belle femme que j'aie jamais rencontrée. Sa peau d'un brun clair était douce. Son nez aquilin surprenait dans un visage de Noire. Sa grande bouche aux lèvres rouges semblait toujours au bord d'un sourire qui ne se dessinait jamais. Ses cheveux sombres teintés de reflets bleus, coupés au bol, tombaient mollement sur ses épaules. Elle avait des poches sous les yeux, qui étaient d'un brun clair qui ne semblait jamais dégager la moindre chaleur. Les regards qu'elle lançait aux gens étaient rapides et paraissaient cruels. J'entendais ce que disaient les voisines: «Cette Ruby est une mauvaise femme. Elle ne donne rien, elle ne demande rien. Et vous savez, si ses yeux étaient des revolvers, on serait tous morts à l'heure qu'il est.»

— Je suis au bout du rouleau, grand-mère, dit Ruby cet été-là.

Sa voix n'était pas amère, mais froide, impersonnelle. On aurait pu la croire en train de lire à voix haute un vieux journal:

— Mon bébé est mort, grand-mère. Il a eu la grippe d'été et il est mort. Ma saloperie de mari m'a plaquée. Et je me suis fichue dans des histoires avec un Blanc, à Kansas City.

— Charles, mon petiot, je crois que tu ferais mieux de sortir, a interrompu grand-mère.

— Laisse-le, a dit Ruby qui faisait des ronds de fumée avec sa cigarette. Ça ne sert à rien de cacher les choses aux gosses. Si on le fait, le seul résultat, c'est qu'ils se débrouillent pour tout apprendre dans la rue.

Ruby avait été chanteuse à Kansas City. Mais elle avait perdu sa voix. Évidemment, elle aurait pu se faire vingt-cinq dollars par semaine dans un bouge, si elle avait couché avec les clients par-dessus le marché. Mais elle estimait qu'elle n'en était pas encore arrivée là. Grand-mère lui suggéra de chanter à la chapelle méthodiste de notre quartier jusqu'à ce qu'elle recouvre sa voix. Mais non, Ruby se placerait comme domestique quelque part. Et si sa voix revenait, eh bien, tant mieux. Elle avait eu une belle voix, elle ne l'avait plus. Avec Ruby, c'était tout blanc ou tout noir, il n'y avait pas de si, ni de mais.

Le lendemain, Ruby et moi, nous nous sommes mis

tous les deux à chercher du travail. Ruby se fit embaucher comme femme de chambre dans un hôtel. Moi, j'allais avoir besoin d'argent, car la rentrée scolaire approchait. Je vis une annonce dans un journal : un restaurant demandait un garçon de salle. J'allai à la porte de service, arborant mon plus beau sourire pour Blancs. On me dit que la place était prise.

L'annonce parut encore pendant une semaine. Je retournai donc au restaurant, pensant que le nouveau garçon de salle les avait plaqués. Cette fois encore, le patron me reçut à la porte de service. Et il beugla :

— Alors, il n'y a vraiment pas moyen de faire entrer ça dans ton crâne épais ? Nous n'embauchons pas de nègres.

J'eus l'impression d'avoir été giflé à la volée, ou d'avoir reçu un seau d'eau glacée en pleine figure. Je suis resté planté sur place et le patron me regarda d'un air écœuré. Comme je ne pouvais pas me décider à bouger, il me ferma brutalement la porte au nez. C'était une lourde porte-moustiquaire, à l'ancienne mode, et elle retomba en claquant comme une trappe à souris géante.

Pour mon deuxième essai, j'allai me présenter dans un bazar, celui qui s'approchait le plus d'un grand magasin dans cette ville du Missouri. Là encore, on me raconta un baratin pour ne pas m'embaucher.

Alors je me rendis à l'hôtel où Ruby travaillait. Je la trouvai dans la lingerie, assise sur un monceau de draps sales. Tout en comptant les draps, elle écouta le récit de mes déboires.

Au bout d'un moment, la colère qui n'avait pas cessé de monter en moi explosa. Je sautai de la caisse sur laquelle je m'étais assis :

— Les enfants de putains ! Je voudrais les tuer tous.

— Les tuer ? demanda Ruby. Ça prendrait trop de temps.

— Oui, les tuer, grinçai-je. Les coller en ligne et les descendre. Tous ces salauds de Blancs. Je ferais BANG BANG BANG jusqu'à ce que je ne voie plus une seule gueule de Blanc.

— Bah, tu causes, tu causes, se moqua Ruby.

— Je t'assure que je ne blague pas.

Une cigarette au coin de la bouche, Ruby continuait de compter les draps. Au bout d'un moment, elle fronça les sourcils et repoussa les draps. Puis elle leva sur moi ses yeux froids et se mit à parler de cette voix qui coulait comme de l'eau glacée :

— Tu me rends malade. Tu vas dans ce magasin et tu demandes à être reçu. Ils te disent d'attendre dehors. Alors tu attends, tu attends, et puis un garçon blanc arrive et se fait embaucher. Et toi, ça te bouleverse, et ça te rend fou furieux. Et tu recommences à haïr les Blancs. Si tu avais été embauché, tu trouverais les Blancs merveilleux. Maintenant, tu t'apitoies sur ton sort parce que tu es noir. Non, pas vraiment noir, mais noir quand même. Oh, bien sûr, personne n'a la poisse que nous avons, nous les Noirs. Mais tu t'apitoies foutrement trop sur toi-même pour te sortir du ruisseau.

— Et toi, aboyai-je, tu t'en es sortie ? Depuis quand ?

— Depuis que j'ai cessé de m'attendrir sur mon sort. Depuis que j'ai compris qu'il n'y a rien au monde qui puisse réellement vous faire du mal. Qu'il n'y a rien qui puisse réellement vous atteindre. Tiens, par exemple, l'autre nuit, j'attendais un taxi. Une bande de jeunes Blancs est passée devant moi en voiture. Ils ont jeté une bouteille de bière sur le bord du trottoir. Et ils ont gueulé : « Au poil, les gars ! Une putain noire ! Ça tombe à pic, on voulait justement enfiler une négresse ! » Est-ce que j'ai eu envie de tuer ces types ? Est-ce que je les ai traités de salauds de Blancs ? Penses-tu ! Je leur ai adressé mon meilleur sourire pour réclame de pâte dentifrice. Et j'ai dit : « Désolé, les gars, vous vous êtes trompés de putain. »

Je balançai un coup de pied dans la pile de draps sales. Puis je dis d'un ton amer :

— Boucle-la. Tu sais très bien que tu aimes les Blancs.

— Je n'aime personne, répondit Ruby très vite. Ni les Blancs, ni les Noirs.

— Et ce type blanc de Kansas City, alors ?

— Oh, lui, fit Ruby avec indifférence. Ce n'était rien. La passade d'une nuit qui a tourné à l'aigre au bout d'une semaine. Seulement, sur le moment, je ne m'en doutais pas. Hommes noirs, hommes blancs, ils sont pareils une fois qu'on a éteint la lumière. Je suis une belle femme noire et je le sais. Mais il n'y en a pas un dans le tas qui puisse m'apporter quelque chose. Et puis j'en ai assez d'être tripotée, que ce soit par des Noirs ou par des Blancs. Au fait, quel âge as-tu ?

Je mentis :

— Presque quinze ans.

— Ton père est un salaud. Je sais que grand-mère t'a rien raconté. Mais, fais-moi confiance, elle pourrait t'en dire long. Enfin, passons. Tu es beau gosse, tu sais. Les femmes vont te courir après. Blanches, Noires, toutes. Elles vont crever d'envie de fourrer leurs mains dans tes pantalons. Mais si tu veux suivre les conseils d'une vieille cinglée, tu iras doucement. Sinon tu seras un matou vidé avant même d'arriver à la fleur de l'âge. J'ai mis trente-cinq ans à découvrir à quel point la vie peut être moche si on la gaspille pour rien. Ne sois jamais amer, fiston. Seuls les gens qui n'arrivent pas à faire face à la vie et qui se détestent eux-mêmes sont amers. C'est peut-être pour que j'apprenne cette leçon que je suis née noire et que j'ai perdu ma voix. Eh bien, mon petit, je l'ai apprise. Je sais rudement bien qu'en étant née noire j'ai appris des trucs que je n'aurais jamais réussi à savoir si j'étais née blanche.

Je la regardais, stupéfait. J'écoutais le flot clair de ses mots. Je les retournais dans mon esprit qui n'était plus un esprit d'enfant, qui n'était pas encore un esprit d'homme, mais qui se situait quelque part, entre les deux.

Ruby alluma une cigarette avec le mégot de la précédente, qui n'était qu'à moitié fumée. Je vis les rides de son front, et dans ses yeux une lueur, une lueur petite et chaude, comme celle d'une bougie.

— Être une Noire m'a enseigné l'humilité, dit Ruby.

Elle commençait à paraître fatiguée. L'ardeur qui, pendant quelques secondes, avait réchauffé sa voix s'était évanouie :

— Une autre chose que j'ai apprise, c'est ce que représente la compassion. Je chantais au *Blue Room,* à Kansas City. Il y avait tant de Blancs du club de golf qui venaient pour m'entendre que nous étions obligés d'en mettre dehors. Tu te rends compte ? Des Blancs riches, qui voulaient entendre les blues des Noirs. Et ils ne venaient pas là pour le plaisir de s'encanailler. Les types qui veulent s'encanailler, je les connais. J'ai demandé à Finkelstein, le patron de la boîte, ce qu'il en pensait. Il m'a répondu : « Tu sais que le vrai blues est le langage de la souffrance, Ruby. Du chagrin. Et ces Blancs qui viennent, ils connaissent ces sentiments-là, eux aussi. C'est ça que tu trouves dans les vrais blues, de la compassion. Ruby, ma fille, tu atteins les gens. » Alors, fiston, je me suis mise à regarder les visages blancs des spectateurs. Ils étaient comme ton visage ou le mien. Comme celui de n'importe qui.

Je suis ramené au présent par un néon qui vient éclairer la photographie 18 x 24 épinglée au-dessus de ma cheminée. On y voit un petit garçon d'un an et demi. Il porte un costume de tricot blanc, un béret de tricot assorti, des chaussures et des chaussettes blanches. Il est debout dans un fauteuil d'osier qui part en lambeaux. Ce gosse est mignon. Il est gras. Il a l'air en bonne santé. Un ours en peluche doré. Mais ses yeux, ses grands yeux, trop beaux, sont étrangement adultes. Ils ont l'air de regarder plus loin que le photographe. De grands yeux tristes. Je voudrais qu'ils me disent ce qu'ils voient. Mais ils sont silencieux.

BRUCE, l'étudiant en théologie aux discours apaisants et aux convictions tranquilles, a fait irruption chez moi ce matin à 4 heures. Il était ivre-mort.

— Charlie, je suis rond comme une bille...

Il est tombé à plat sur son visage juvénile et imberbe. Il s'est affalé dans l'étroit passage entre le placard-cuisine et le living. Je suis arrivé à le traîner jusqu'au divan sans prêter attention à ses supplications :

— Non, non, non...

La moitié de ce grand corps de vingt-trois ans était encore sur le plancher ; l'autre moitié reposait de travers dans mes bras. De longs, d'interminables sanglots le secouaient. Ses larmes roulaient sur ma poitrine nue. Parti, le charme du Blanc de bonne famille ; envolée, la grâce du jeune épiscopalien ! J'espérais au moins que Dieu entendait ces pleurs douloureux qui éprouvaient mes nerfs. Les pleurs des hommes sont presque une agonie. Je suis resté là, sans dire un mot. J'ai allumé une cigarette. Et j'ai essayé de ne penser à rien.

Je commençais à m'endormir quand j'ai senti que Bruce remuait doucement dans mes bras. Ça m'a réveillé d'un coup. J'ai fixé son visage. Il a cligné des paupières. Puis il est retombé dans un sommeil agité. La cigarette s'était éteinte dans ma main. Je l'ai rallumée. Et j'ai regardé le ciel noir virer au bleu électrique, un ciel dur, solide comme une pierre. L'air était moite, la journée serait torride. Aucun son ne montait de la rue. Il n'y avait rien d'autre à faire que rester assis, essayer de ne pas penser, et attendre l'aurore.

Bruce avait continué à s'agiter. Et c'est seulement dans le courant de l'après-midi qu'il émergea de sa torpeur. Il s'est redressé sur le divan en vacillant et a secoué la tête.

— Oh, bon sang...

Il a dit ça sur le ton que l'on prend pour annoncer une mauvaise nouvelle. Puis il a passé ses mains blêmes dans ses cheveux d'un blond presque blanc.

J'avais préparé du bicarbonate, du jus d'orange et du café noir. Mais il n'a rien voulu de tout ça. Ce qu'il voulait, c'était un verre.

Alors j'ai offert à cet ancien buveur d'eau un verre de gin pur qu'il a descendu jusqu'à la dernière goutte en frissonnant.

— Les salauds.

Son ton était définitif.

— Qui ? ai-je demandé.

— Ma famille, a dit Bruce en me regardant avec un grand sérieux. Donne-moi un autre verre.

Penché en avant, les bras posés sur ses cuisses, il a fait durer son second verre de gin pur. Il avait l'air abruti d'une grenouille qui se rôtit au soleil.

L'après-midi était humide. Pas un nuage dans le ciel, mais

on sentait pourtant une promesse de pluie. La chambre était noyée dans la pénombre.

— Les salauds, a répété Bruce.

Il s'est levé. Et il s'est contenté de me dire :

— Merci. Je passerai te voir un de ces jours.

LA GRANDE SÉCHERESSE est arrivée. Un pollen poussiéreux tombe mollement sur la ville, comme de la neige. Les cieux sont d'un bleu délavé. Jours suspendus et apathiques, rues recuites. Imbroglio dément de voix, le jour aussi bien que la nuit. Pas une seconde de calme ici, même pendant les petites heures qui précèdent l'aurore. Je ne sors pas, à moins d'y être contraint. Tous les locataires laissent leurs portes ouvertes. Oreilles tendues guettant les pas dans l'escalier :

— Vous allez faire des courses ? Promener le chien ? Dans combien de temps rentrez-vous ?

J'éprouve un besoin irrésistible de rester dans cette chambre aux murs blancs, d'y rester jusqu'à ce que l'été soit fini. Alors seulement je sortirai, je quitterai la ville et, au contraire de la femme de Loth, je ne jetterai pas un seul regard en arrière. Je fais mon boulot de messager pendant la journée et, le soir, je regrimpe jusqu'ici en chancelant, tout ruisselant de sueur, épuisé, mes pieds battant comme un cœur dilaté. Je me demande, mais enfin qu'est-ce qui cloche en moi ? Je suis un type comme les autres, je suis aussi américain qu'une *apple pie*. Mais non. Il n'y a rien à faire. Je ne peux pas porter un masque. Je ne peux pas sucer le con de cette putain suave et prospère, la vie de l'Américain moyen.

Quelquefois, je m'assieds sur le rebord de ma fenêtre, au cinquième étage, et je regarde les jeunes Américains qui se promènent dans la ville, sains, rieurs, satisfaits comme des mères poules. Leurs visages sont aussi difficiles à distinguer l'un de l'autre que des brins d'herbe. Mais voyez comme ils sont heureux ! ils sont unis, ils forment un tout. Bien sûr, je pourrais devenir un membre du troupeau. Le fait que je sois un Noir ne m'en empêcherait pas. (Vous vous souvenez des points noirs dans le grand champ blanc ?) Je pourrais cesser de me tourmenter parce que je veux écrire, de me poser des questions à propos de la corruption de cette ville ou de la corruption du monde ; je pourrais cesser de m'intéresser au sort du genre humain. Je pourrais dénicher un poste d'employé de bureau, planqué, tranquille, mettre des sous de côté, me marier, et tout ça au nom de la sacro-sainte classe moyenne.

Je me souviens d'un lundi où j'ai laissé tomber mon travail de messager. Je me suis rasé de très près ce matin-là. Je me suis collé mon sourire d'adolescent américain moyen. Ce sourire ne diffère en rien du sourire de l'adolescent américain moyen – et blanc. Après tout, dans ce pays, le Noir a été baisé de tout temps et dans toutes les positions imaginables. Il a été le chien de garde fidèle des Blancs, un chien qui n'était pas attaché avec des saucisses. Par-dessus tout, il sait que le Bien, c'est d'être Blanc. À preuve ces trucs pour éclaircir la peau, toutes ces huiles, ces lotions, ces crèmes magiques. Elles ne vous débarrassent pas seulement des points noirs et des boutons, mais aussi de votre peau sombre. Je me suis donc collé mon sourire d'adolescent américain moyen. J'ai enfilé mon unique complet convenable. J'ai mis une chemise blanche, une cravate de soie foncée. J'ai pris la page des petites annonces dans l'édition dominicale du *New York Times*. Et je me suis lancé.

Je me suis retrouvé avec une bonne vingtaine de types qui étaient venus se présenter pour l'emploi de sous-fifre chargé du classement et de l'expédition du courrier dans un gratte-ciel de Manhattan – ceci pour un salaire de cinquante-sept dollars par semaine. Il y en avait de tous les genres, de toutes les races, de tous les âges et de tous les milieux. C'était une vue en coupe de l'Amérique. Plusieurs de ces types avaient l'air extrêmement intelligents et certains étaient très bien habillés.

J'ai rempli le formulaire et Monsieur Personnel, un homme entre deux âges, m'a appelé le premier. Vingt-trois visages envieux se sont tournés dans ma direction. Quel succès est-ce que j'allais avoir ? Aucun, mon coco. Je ne connaissais rien aux tarifs postaux et ils voulaient quelqu'un qui possède une certaine expérience. Monsieur Personnel était navré. Il aurait aimé m'embaucher ; j'avais l'air intelligent, capable. Monsieur Personnel et moi avons échangé des sourires merdeux. Je suis sorti et me suis dirigé vers Wall Street pour y solliciter un emploi de grouillot chez un courtier. Soixante-dix dollars tous les jeudis. La boîte payait en outre le pourcentage dû au bureau de placement. Avant de me présenter devant le chef du personnel, j'ai jeté un coup d'œil dans la « cage ». Il y avait là une bande de types à l'allure minable, tous occupés à trier des actions et des titres comme autant de machines qu'on aurait affublées de chemises blanches aux manches retroussées et de cravates impossibles. C'était tout à fait le genre de petits jeunes gens qui vont au bowling et qui, après trois ou quatre bières, se transforment en « vrais boute-en-train » ; tout à fait le genre de petits jeunes gens qui emmènent leur flirt dans les restaurants chinois le samedi soir ; qui vous disent « Buvons deux ou trois bières et levons quelques filles ». Pourtant, la seule chose qu'ils sachent lever, c'est le coude. Il m'est déjà arrivé de sortir à quatre avec des gars comme ça et leurs vagues poufiasses, alors je sais de quoi je parle.

Si je travaillais avec ces gros lards, je n'aurais pas d'autre ressource que de me soûler à mort de neuf heures du matin à cinq heures du soir. Ça ne fait pas l'ombre d'un doute. Des pignoufs moyens, avançant dans la vie avec la neutralité d'un mouvement d'horlogerie, ne se posant de questions sur rien, ne désirant rien. J'ai entendu dire quelque part que ces jeunes gens sont le bifteck de notre menu de demain. Eh bien, bon appétit !

Mais ma décision de changer de boulot, alors ? Mon envie de repartir à zéro ? Et puis, après tout, peut-être que je me trompais sur le compte de ces types. Dans ce cas, la seule façon de me faire une opinion était de travailler avec eux.

Le chef du personnel était une femme, cette fois-ci. Voix douce, le charme en personne. Elle m'a mis à l'aise. Elle a jeté un coup d'œil à ma demande. Et puis elle a relevé les yeux et, toute sourires, m'a demandé si j'étais un Portoricain noir ou un Portoricain blanc.

— Ni l'un, ni l'autre, ai-je dit en me levant et en me dirigeant vers la porte. Je suis Philippin. Vous aurez des nouvelles de mon ambassadeur.

Cet après-midi-là, je suis retourné à mon service de messageries comme un fils prodigue implorant son pardon.

LUNDI, à huit heures du matin, Shirley est arrivée chez moi d'un air aussi désinvolte que si elle habitait là. Elle a posé son sac de plage sur la bibliothèque et a souri d'un air espiègle. Ses yeux brillaient.

— Ne fais pas cette tête, a-t-elle dit. Tu es surpris ?

— Tu ne travailles pas, aujourd'hui ?

— Non. On a changé mes horaires et j'ai travaillé hier. Channing m'a dit que tu n'allais pas à la plage parce qu'il y a trop de monde.

— De toute façon, il n'est pas question que j'aille à la plage. Je dois travailler, moi.

— Oh, Charles, ne sois pas impossible. On ne sera même pas obligés d'emprunter la radio de Tony. Mon ami, le docteur, m'a offert un transistor.

— C'est gentil de sa part.

— N'est-ce pas ? Oh, Charles, c'est un type tellement formidable. Il est tout ce que j'ai jamais souhaité trouver chez un homme. Nous allons nous marier à l'automne.

— Félicitations.

— Tu n'es quand même pas obligé de te montrer aussi froid.

— Bon, je vais essayer de faire passer un peu de chaleur dans ma voix : Félicitations !

— Oh, merde ! Habille-toi !

Et nous voilà allongés sous les planches de la promenade, à Coney Island. Nous avons étalé une vieille couverture de l'armée. Les planches nous protègent du soleil. Et nous regardons la mer. Des nuages bas qui ont l'éclat de la neige froide semblent s'amonceler sur la ligne d'horizon. Le petit poste de radio joue du jazz en sourdine. Je me mets à somnoler. Soudain je sens les longues mains fines de Shirley courir tout le long de mon dos comme un archet sur les cordes d'un violoncelle. Cette amitié chaude et généreuse va-t-elle donc éternellement dériver vers les rives de l'amour ? L'orgueil et le froid technicien qui sommeille en moi ont toujours établi un contrôle sur mon cœur. Il y a pourtant une partie de moi-même qui ne cesse de naviguer vers cette belle fille couleur de miel, qui va vers elle aussi naturellement que je respire.

Le ciel d'un rouge éblouissant s'est fané. Le crépuscule est arrivé comme un enfant qui a peur dans le noir. D'énormes vagues blanches viennent se briser sur la plage en partie désertée. Tout près de nous, un groupe de garçons portoricains chantent en s'accompagnant au bongo. L'air s'est rafraîchi. Sans un mot, Shirley s'est nichée dans mes bras.

Au bout d'un moment, je lui ai demandé :

— Tu veux y aller ?

— Et toi ?

— Pas encore.

— Alors ne bougeons pas, a dit Shirley en serrant ma main très fort.

Nous sommes restés allongés sans rien dire. Et nous sommes restés comme ça jusqu'à ce que le bataillon du service de nettoiement attaque la plage, un peu après dix heures du soir.

QU'EST-CE QUI CLOCHE CHEZ MOI ? Hier, j'ai pris une cuite. Al m'a dit que je ferais aussi bien de ne pas venir au boulot pendant une semaine. Alors me voilà sans emploi. Pour ne rien arranger, j'ai claqué tout mon fric la nuit dernière et je suis fauché. J'ai un don pour m'engager trop dans les affaires des autres. Les crises se suivent comme se suivent les aiguilles d'une montre bien réglée et cette grande république a beau prospérer et briller sous des cieux favorables, chaque fois que je bondis pour m'approcher du dollar, l'aigle part à tire-d'aile dans l'autre direction. Le financier Bernard Baruch avait l'habitude de s'asseoir dans les jardins publics pour y distribuer des conseils à tous ceux qui lui en demandaient. Seulement, s'il avait été noir, il aurait eu un mur tout autour de son banc.

Je vous le dis, il faut vraiment que je m'éloigne de cette ville, de cette ville qui traite vainqueurs ou vaincus avec la même superbe indifférence.

Et mes amis... bonjour les fous. Laura Vee, qui crache sur les paumés. Claudia, vissée à son orgue, qui compose son premier opéra alcoolique en anglais et chante à tue-tête : « Oh toi, mon plus noble amour, reviens... » Bruce, qui est atteint d'une tumeur financière. Channing, qui s'est éloigné de moi ces jours-ci parce que je lui ai dit qu'il n'était pas un vieux schnock tout court mais à la puissance mille. La nuit dernière, j'ai ravalé mon orgueil et j'ai téléphoné à Shirley pour implorer son pardon. Mais elle était envoûtée par sa propre tristesse.

Quant à ma piaule, on jurerait que le diable est passé par là comme une tempête. Et je possède en tout et pour tout soixante-cinq cents. Ça ne me mènera pas loin.

Ce matin, je suis sorti de chez moi à onze heures et demie pour essayer de faire une passe en vitesse. Je portais un T-shirt et des blue-jeans étroits et délavés (l'uniforme des tapineurs, au même titre que le fameux complet de flanelle grise est l'uniforme des gens qui travaillent dans la publicité). En général, je n'ai aucune peine à trouver un client, mâle ou femelle, bien que la concurrence soit sérieuse. Il faut avouer que ce n'est pas croyable à quel point ma couleur peut m'aider dans ce boulot. Pourtant, il m'est arrivé plusieurs fois de louper des occasions : je n'étais pas assez noir.

La sirène de midi sonne. Pas la peine que j'aille dans la 42e Rue. Trop de racoleurs bon marché. Garçons du Sud à la voix traînante qui vous suivent pour un dollar, petits rigolos de Brooklyn et du New Jersey qui font pour un repas et un lit ce qu'ils auraient fait de toute façon. Ils ne vous demandent pas grand-chose : de quoi se payer le lendemain un paquet de cigarettes et un café au bistro du coin. Plus 30 cents pour aller faire la queue au cinéma qui ouvre à neuf heures du matin. Là, au moins, vous pouvez rattraper votre sommeil, et puis trouver un autre client. À midi, ça devient difficile. Il se passe trop de choses, et les flics veillent au grain.

Je me suis donc décidé pour Wall Street. Ce serait bien le diable si je ne levais pas un de ces homosexuels qui travaillent dans les actions et les obligations et qui sont toujours ravis de tomber sur un beau gosse jeune et légèrement foncé. Une tante qui n'aime pas les voyous, mais qui n'aime pas non plus les chochottes. Qui cherche le gentil garçon capable de lui rappeler ce qui s'est passé au lycée, il y a des siècles.

J'ai pris le métro à Lexington Avenue. Omnibus jusqu'à Brooklyn Bridge. Là, j'ai changé. J'ai grimpé dans le direct. Et j'ai débarqué à Fulton Street.

Commence à tapiner, mon gars. Allez, en piste, et plus vite que ça ! Bon Dieu, les flics ! Prends l'air idiot d'un fanatique du rock. Fais claquer tes doigts en cadence. Esquisse quelques entrechats. Ouf, ils sont partis.

Maintenant, redescends les escaliers. Vite ! Voilà une vieille tante qui s'amène. Non : visage souffreteux et poudré, complet élimé, donnera cinq dollars maximum, encore heureux si ce n'est pas deux... ou rien. Aujourd'hui, ça ne vaut pas le coup que je marchande.

Tiens, un jeune patron ! Serviette de cuir à la main. Il est planté devant le kiosque à journaux. Doit avoir dans les trente ans. A l'air marié. Ouais, il est marié. Voilà deux fois qu'il te fait de l'œil, mon lapin. La troisième fois, balance-lui ton sourire accrocheur.

Dandine-toi jusqu'au distributeur de Coca-Cola. Non ! Plutôt le distributeur de bonbons, ou encore celui de chewing-gums, Ceux-là sont munis de glaces qui vont te permettre de surveiller le bonhomme.

Ne regarde pas tout de suite, bébé. Mais le voilà qui s'approche. Il sourit comme un fauve. M'a tout l'air d'un type énergique. J'espère qu'il n'a pas des exigences bizarres.

— Salut. Ça va ?

Il sourit toujours, me détaille discrètement de la tête aux pieds. Sa voix est agréable, cultivée. Il paraît sympa. Me met à l'aise. Style copain.

Je lui décoche un grand sourire cette fois. Je soulève légèrement les épaules, je passe mes mains derrière la boucle de ma ceinture et je plante mon regard dans ses yeux gris.

— Bah, dis-je. Une journée dégueulasse.

— Qu'est-ce qui ne va pas ?

— Rien ne va. (ceci avec une grimace pleine de sous-entendus.) La chaleur.

— Vous avez quel âge ?

— L'âge qu'il faut.

Un sourire complice éclaire son visage :

— On vous a dit que vous êtes très mignon ?... Oh, ne rougissez pas.

— Quelle heure est-il ?

— Une heure. Vous êtes pressé ?

— Non. Pourquoi ?

— Vous savez bien pourquoi. Vous avez une petite amie ?

— Ouais.

— Vous êtes gentil avec elle ?

— Oh, je pense, oui.

— Moi, je suis sûr que vous l'êtes.

Le ton de la dernière réplique me donne l'impression que je vais me faire violer en plein Rockefeller Center.

Soudain, il lève les yeux au ciel et me demande :

— Vous m'excusez une seconde? Un coup de fil à donner.

Les flics? Il est en train de chercher l'autre poulet, son coéquipier en civil. Tu as eu un pressentiment bizarre toute la matinée, mon coco. Tu aurais dû aller tapiner au Village.

Du calme, bébé, ne t'affole pas. La voix. Aucun flic ne pourrait réussir une voix comme ça. Du calme, voyons. Ne laisse pas filer cette occasion.

Le voilà qui revient. Tout sourires. Il balance sa serviette et parade d'un air satisfait. Portrait d'un jeune homme d'affaires qui a réussi dans la vie.

— Vous voulez prendre le métro jusqu'à la prochaine station? Première voiture. Ça nous laissera à Exchange Place.

La rame entre en gare. Je traîne un peu en arrière. Cet imbécile fait des signes dans ma direction. Comme si je n'allais pas monter!

Je m'appuie nonchalamment contre la porte. Il est assis de l'autre côté du wagon, et il me regarde.

Exchange Place. C'est la grande cohue des gens qui sortent déjeuner. Il y a de la tension dans l'air et sur les visages soucieux. Les gens marchent d'un pas rapide, comme des fourmis qui détalent sous la pluie. N'oublions pas que c'est ici que se trouve l'argent.

Nous enfilons une rue latérale jusqu'à un petit immeuble à façade de grès.

— Suivez-moi dans dix minutes, demande mon gars en me tapotant l'épaule. Montez au neuvième étage. Les ascenseurs sont automatiques.

— D'ac. Si quelqu'un m'arrête, je dirai que je suis un messager.

— Bonne idée.

Le neuvième étage est fraîchement repeint. Pas l'ombre d'un meuble.

— Notre maison mère est en plein cœur de Manhattan. Nous allons recevoir tout notre mobilier d'un coup par un grossiste. Seulement, toutes les bonnes choses demandent du temps, n'est-ce pas ?

La dernière phrase est accompagnée d'une œillade complice.

Maintenant, il est planté devant moi. Je vois sa pomme d'Adam qui s'agite éperdument.

— Je suis désolé, mais je n'ai même pas un verre à vous offrir.

— Ça n'a pas d'importance, dis-je.

Pourtant, j'aurais bien besoin d'un verre. Cette vieille saloperie de dépression arrive. Je me demande à quoi peut bien ressembler la femme de ce type.

Il se glisse tout contre moi. Ses yeux gris sont troubles. Il me regarde froidement. Ça me fait penser aux films de gangsters, avec les grands tueurs blonds.

Il me pousse brutalement contre le mur. Je regarde le plafond ivoire. Je me raidis. Et c'est fini.

— Je m'appelle Keith, dit-il. Et toi, tu t'appelles comment ?

— Charlie.

— Tu as le téléphone ?

— Oui.

J'attrape mon portefeuille et je lui donne mon numéro.

— Je peux t'appeler de temps en temps ?

— Oh, bien sûr.

— Ça ne te fera pas d'ennuis avec tes parents ?

— Vous n'avez qu'à dire que vous faites partie des

Diamants. C'est l'équipe de base-ball dans laquelle je joue quelquefois.

— Je vois, dit Keith lentement. Je te passerai un coup de fil. Tu es un chic gosse.

— Ouais, eh bien, pourtant mes vieux s'inquiètent. Ils mettent leur argent de côté pour que nous, les gosses, on puisse quitter la ville.

— Et la ville ne te manquera pas ?

— Elle vous manquerait, à vous ?

Keith rit. Puis, avec beaucoup d'aisance, il me glisse vingt dollars dans la main.

— Sois sage. Et prends bien soin de ta petite amie.

— Te bile pas pour ça, papa, dis-je en m'en allant.

Keith était un type bien. Il ne m'avait pas raconté de salades. Je me fous complètement de ce que font les gens. Tout ce que je demande, c'est qu'ils soient authentiques et capable de vous regarder en face.

Et mon baratin à moi ? Père et mère laborieux. Bon Dieu, les mensonges qu'il faut raconter ! Et puis, merde ! Les gens sont comme ils sont. Et moi je suis ici pour vous le dire. Si vous ne me croyez pas, vous n'avez qu'à coucher avec eux.

Un milkshake à Fulton Street. Le métro jusqu'à la 4e Rue Ouest. Des palourdes chez Mac Dougal. Un bourbon en vitesse au San Remo's. Calme plat.

Un disque. *The Billie Holiday Story*. Merveilleux, triste, amer oiseau de Baltimore. Chantant une chanson sans âge. Il fallait que je l'achète.

Lait, jambon, œufs et pain français. Fromage, pommes et fraises. Une cartouche de cigarettes, six bières, une flasque de porto blanc et, mon petit pote, voilà l'affaire.

CE SOIR, j'ai fini de me laver à huit heures. Lorsque je suis sorti de la douche de l'étage, nu comme un ver et chantant gaiement, j'ai rencontré un marin qui montait l'escalier d'un pas pesant. Sa figure poupine et couverte de taches de rousseur arborait l'expression ahurie d'un chiot égaré.

Il s'est approché de moi, s'est rendu compte de ma nudité et a fait un grand sourire :

— Salut, p'tite tête !

Je lui ai souri vaguement à mon tour.

— Le numéro 14, c'est bien à cet étage ?

— Ah non, ma vieille. Ici, c'est le dernier étage de la baraque. Le numéro le plus élevé, c'est le 11. Et c'est celui de ma piaule.

— Alors, où sont les putains ? a demandé le marin.

Une expression d'inquiétude se répandait sur son visage.

J'ai mis ma serviette sur mon épaule.

— Il n'y a pas de putains dans cette maison, papa.

Ça paraissait impossible, mais le marin y est quand même arrivé : sa pauvre gueule d'ahuri a sombré d'un cran encore dans la confusion. Il a fouillé dans les poches de son uniforme blanc et en a sorti un morceau de carton qui avait à peu près la taille d'une pochette d'allumettes. Puis il l'a examiné intensément.

J'ai respiré un bon coup. Et je me suis demandé : Comment expliquer à un gars qu'il est un pigeon ? Des trucs comme ça, il n'y a qu'à un copain qu'on peut les dire. En fin de compte, j'ai lâché :

— Bébé, tu t'es fait avoir.

Le marin a brusquement levé les yeux de son carton. Ses épaules se sont mises à monter comme si elles avaient été accrochées à des ballons. Ses yeux noisette se sont mouillés. On avait l'impression qu'il était au bord du désespoir.

— Vaut toujours mieux voir la gonzesse avant d'allonger le pognon, tu sais. Et même comme ça, tu ne peux pas être absolument sûr. Enfin, maintenant, tu connais la musique. Ça t'a coûté combien ?

Il a balancé un coup de pied dans les marches :

— Vingt dollars. Vingt foutus dollars ! Bon Dieu ! J'aurais pas dû me laisser avoir.

— Ça arrive à tout le monde de commettre des erreurs, ai-je dit d'un ton apaisant et paternel.

— Ouais.

Je me suis dirigé vers ma piaule.

Le marin a redescendu l'escalier d'un pas lourd. C'était la victime idéale du jeu de l'Attrape-Couillon.

Le jeu de l'Attrape-Couillon se joue chaque nuit dans mon quartier. C'est un sport auquel on peut s'adonner toute l'année, avec des heures supplémentaires le printemps et l'été. Pas tout le monde peut pratiquer le jeu de l'Attrape-

Couillon. Pour réaliser de bons scores dans cette discipline ardue, il faut avoir la langue bien pendue et posséder une garde-robe de tout premier choix.

La mésaventure du marin me donne à penser que Traîne-Savate écume le secteur ces jours-ci.

Traîne-Savate est passé maître au jeu de l'Attrape-Couillon. C'est un Noir sans âge – quelque part du mauvais côté de la quarantaine – qui possède l'enthousiasme communicatif d'un type de vingt ans. Son visage rayonne de la jovialité et de la gentillesse désarmante d'un brave Père Noël. Il est toujours vêtu de vêtements de sport bien coupés. Et, en dépit de ses chaussures de croco à trente-cinq dollars, il traîne terriblement la savate. On a toujours l'impression qu'il escorte un attelage de mules, ou bien qu'on l'a obligé à marcher avec un boulet aux pieds. C'est peut-être la raison qui lui a fait choisir pour métier le jeu de l'Attrape-Couillon.

Le jeu de l'Attrape-Couillon consiste à rester planté au coin d'une rue, ou vissé sur le tabouret d'un bar, jusqu'à ce que vous ayez repéré un homme au regard affamé et qui vous paraisse moins malin que vous. Vous engagez la conversation et, en quelques mots choisis, lancés négligemment et comme par hasard, vous informez le type en question que vous pouvez lui procurer une putain du tonnerre moyennant certains honoraires. Vous lui expliquez qu'il doit vous filer l'argent d'avance : « ...vous savez comment sont ces putains. » Puis vous lui dites d'attendre que vous reveniez. Et vous ne revenez pas. Ou bien vous lui glissez dans l'oreille : « Entrez dans cet hôtel et dites au garçon que vous voudriez une chambre au cinquième étage, en précisant bien que vous désirez une fenêtre qui donne à l'ouest. » Le gars pensera que vous êtes un maquereau suffisamment à la coule pour posséder un code privé.

Mon copain Mitch est incapable de jouer à l'Attrape-Couillon s'il n'a pas fumé au moins quatre cigarettes de marijuana. Il est grand. Il est beau garçon. Mais c'est un trouillard. Traîne-Savate est d'une tout autre catégorie. Il a des nerfs d'acier. Avant que notre porte d'entrée ne soit fermée à clé, je me suis une fois penché par-dessus la rampe de l'escalier et j'ai vu Traîne-Savate parler avec un type. Il avait la main tendue. Le type ouvre son portefeuille et donne trois billets de dix dollars à l'arnaqueur. Traîne-Savate dit : « Et moi, papa ? Je suis le concierge. J'ai bien droit à un p'tit quéquechose. » Alors le type crache encore un billet de cinq et rajoute un dollar pour faire bon poids. Traîne-Savate s'éloigne à pas lents. Une fois dans la rue, le traînard s'envole comme un aigle. Le type, lui, s'est mis à frapper aux portes, cherchant partout sa bonne femme inexistante. Dans la plupart des cas, ces pauvres couillons ne sont pas saouls. Ils ont simplement le sexe qui leur monte au cerveau.

Les jeunots posent un problème. Si vous êtes un bon professionnel de l'Attrape-Couillon comme Traîne-Savate, vous savez que certains étudiants s'imaginent qu'ils peuvent avoir une femme pour deux dollars. Ce problème, Traîne-Savate l'a magnifiquement résolu. Il prend sa bonne grosse voix d'Oncle Tom qui inspire confiance :

– Doucement, patron. Vous êtes au courant qu'on a des ennuis avec les flics. Et vous avez l'air très jeune. Z'auriez pas une carte d'identité, des fois ?

Le jeunot tend son portefeuille à Traîne-Savate.

Traîne-Savate donne un rapide coup d'œil à la carte d'identité ; mais ce qu'il vérifie, c'est le fric.

S'il y a pas mal d'argent, Traîne-Savate déclare :

— Faites excuse, patron. Vous êtes en règle. Mais comme j'dis : on peut pas prendre de risques. Maintenant, quel genre de femme vous voulez ? J'peux vous en trouver une jeune, une vieille, une grosse, une maigre, une blanche ou une noire.

Le jeunot, impressionné par la mise en scène, donne quinze ou vingt dollars à Traîne-Savate. Traîne-Savate sort de son veston un morceau de carton sur lequel deux numéros identiques sont tracés à l'encre rouge. Il déchire le carton en deux et donne une moitié au jeunot. L'autre moitié retourne dans sa poche et il dit :

— Celui-là, y va au grand patron. Il aime pas qu'on fasse des sacs de nœuds dans le boulot. Maintenant, vous allez tout simplement avec ce carton à la porte à côté. Et vous sonnez au numéro 4.

Le jeunot se dirige vers la maison voisine, l'œil luisant de convoitise. Quant à Traîne-Savate, il détale en montant les escaliers et en sortant par la trappe qui conduit sur le toit.

Mon travail de messager me permet de rencontrer toutes sortes de gens et j'admire Traîne-Savate. J'admire les hommes et les femmes qui composent la Société de l'Attrape-Couillon. Tout ce qu'ils font, c'est vous raconter une histoire et tendre la main.

En ce mois de juin, le jeu de l'Attrape-Couillon est florissant. Les touristes péquenots sont arrivés ; les bateaux sont au port. Et, bien entendu, il y a comme toujours les noceurs du Jersey et du Bronx.

JE M'OFFRE DU BON TEMPS, ce soir. Je fais la bringue chez les rupins, dans le secteur de la 60e Rue Est. Hôtel particulier. Grand salon. Décor beige, brun et vert. C'est Gros-Père, mon copain de la guerre de Corée, qui m'a amené là. Il y a trois autres types et quatre filles. Tout le monde a moins de quarante ans et les lumières sont tamisées.

Barry, notre hôte, paraît à peu près trente-deux ans. Son visage respirant la santé va bien avec ses pantalons de chez le bon tailleur anglais, avec sa chemise de sport en soie et ses chaussures noires et blanches. Il dirige une maison d'articles de fantaisie qu'il a héritée de son oncle et il joue à la Bourse.

J'étais en train de me verser un nouveau scotch quand Barry a sorti une douzaine de cigarettes de marijuana. Tout le monde se tenait bien, mais les yeux avides ne parvenaient pas à se détacher de la marijuana posée sur la petite table basse.

Gros-Père a tendu la main. Il a cueilli deux cigarettes de chanvre :

— Allons-y, les enfants ! En route pour le paradis.

— Dis donc, t'excite pas, a dit en riant une jolie fille.

Elle était blonde et rose. Elle a récupéré une des cigarettes de Gros-Père.

Le type assis à côté de moi a refusé la marijuana. Il avait le même visage que les drogués pâles et désespérés qui rôdent du côté de la Sixième Avenue après minuit.

— Oh, lui, vous savez bien ce qu'il veut, a gloussé la jolie blonde.

— Boucle-la. Boucle-la, ou je te défonce la gueule.

— Oh, ça va ! a aboyé la fille. Tu es complètement cinglé. Et puis tu deviens vraiment trop imprudent. Combien de fois je t'ai dit de ne pas laisser traîner ta saloperie d'aiguille sous le porte-savon de la salle de bains ?

J'ai regardé Barry. Il rougissait.

— En tout cas, c'est de la bonne merde, ai-je dit.

— De l'herbe qui vient de Panama, p'tite tête, a renchéri Gros-Père.

— Je ne veux pas de cette merde, a dit le drogué pâle d'un ton méprisant.

Il s'est levé. Et Barry l'a guidé vers le premier étage. Un autre type les a suivis très vite. Un type qui n'avait pas ouvert la bouche depuis que j'étais arrivé. Depuis une bonne heure.

Une fille qui avait le genre typique du Village, longue tignasse raide, chemise d'homme et jeans maculés de peinture, s'est précipitée dans les escaliers en hurlant :

— Attendez-moi, bande de morfales dégueulasses ! Vous ne pensez tout de même pas que vous allez garder toutes les friandises pour vous !

À ce moment-là, Jelly Roll a fait son entrée en se pavanant comme un coq orgueilleux. C'est un de nos copains de la guerre de Corée, à Gros-Père et à moi. Un bon gros ours couleur chocolat, toqué de ballets. Ces temps-ci, il gagne sa vie en tenant la batterie dans un orchestre de rock.

Jelly s'est planté au milieu du salon. Il souriait. Ses épaules se haussaient par saccades. Il frottait ses grosses mains l'une contre l'autre comme pour les réchauffer :

— Charlie, vieille branche ! Salut, Gros-Père ! A quoi est-ce qu'on fonctionne, ici ?

— À tout, p'tite tête, a marmonné Gros-Père. Mais il va falloir que je me rationne un peu.

— Allons donc, a ri Jelly. En tout cas, mec, je veux du cheval, moi. De l'héroïne.

— Ça, c'est ce qui s'appelle causer, a dit une fille qui se prénommait Louise.

Elle a posé son verre de bourbon et a fait de l'œil à Jelly.

— Ouais, a repris Jelly. De l'héroïne. Allez, ma poule, conduis-moi au gardien du trésor.

— Viens, Charles, a dit Gros-Père en se levant. En route pour le paradis.

Jelly s'est tourné vers moi :

— Tu vois bien, vieille branche. Je savais que tu finirais par mordre au truc.

— Quelle blague ! Je veux juste assister à l'orgie.

— Tu parles ! a ricané Louise.

Elle est venue vers moi et m'a pris par la main. Nous sommes montés à la suite de Jelly et de Gros-Père. Un ensemble d'estampes représentant des paysages décoraient les murs de l'escalier et il y avait un lustre de verre dépoli. Avec le tapis qui recouvrait les marches, le tout avait un air si calme, si digne, si ouaté, que ça me faisait penser au salon d'une entreprise de pompes funèbres.

Barry et le drogué pâle étaient assis par terre dans la

chambre à coucher. Ils m'ont rappelé les types de Wall Street quand un grand coup se prépare à la Bourse. Les drogués, une fois bourrés, ont le même air insolent et satisfait. Ils se prennent pour des caïds. Il n'y a plus qu'eux au monde.

Une fille était assise sur le lit. Celle-là, je ne l'avais pas vue en bas. Elle ne regardait rien. Peut-être qu'elle voyait ses pensées comme des photographies sur le papier broussailleux des murs. Ses yeux étaient luisants comme ceux d'un chat. Près du lit, la radio diffusait le jazz du service de nuit. La fille marquait la mesure en faisant claquer ses doigts.

Louise a traversé la pièce. Elle a rejoint Barry. À côté de lui, le type pâle avait fermé les yeux et sa tête ballottait.

— Qui va s'occuper de moi ! a demandé Gros-Père.

Son visage avait une expression stupide, maintenant. Hébétée.

Barry a levé les yeux :

— Ellie, occupe-toi des gars.

Ellie était la fille assise sur le lit. Elle a froncé les sourcils :

— Quoi ?

— Occupe-toi des gars.

— Bon, d'accord, a marmonné Ellie en s'arrachant à ses rêves.

Ellie s'est levée. Elle avait soudain un air très professionnel. Elle s'est dirigée vers la coiffeuse.

Jelly lui a lancé un regard froid et dur. Gros-Père, lui, était déjà en train de remonter sa manche.

— Doucement, poupée, a dit Gros-Père en souriant. Vas-y doucement. Attention à mes veines. On m'a raté le bras une fois et il a fallu me piquer aux pieds, ha, ha !

Ellie ne l'a pas regardé. Elle ne s'est pas fendue d'un sourire. Elle a pris la cuiller à héroïne, a craqué une allumette et a préparé la piqûre. Elle avait la même expression excédée qu'un médecin militaire en train de vacciner en série.

Ellie a enfoncé l'aiguille dans le bras de Gros-Père. Puis, d'un geste rapide et précis, lui a passé un tampon de coton sur le bras.

Gros-Père a poussé un énorme soupir, comme s'il venait brusquement d'être délivré d'un grand poids.

C'était au tour de Jelly. Ellie l'a fixé d'un air interrogateur.

Il s'est coulé près d'elle avec un sourire glacé. Sa bouche tremblait comme s'il était sur le point de hurler. Ellie l'a piqué. Il a gémi :

— Vas-y, salope ! Suce-moi le sang !

J'ai quitté l'hôtel particulier et ses briques blanches vers quatre heures de l'après-midi, le lendemain. J'ai suivi la rue cossue, résidentielle et tranquille. Je marchais d'un pas tremblant de vieillard. J'étais pompé de toute mon énergie. Mais je m'en fichais. Et j'ai pris le bus pour rentrer chez moi.

Mrs LEE m'appelle au téléphone :

— Charles, mon ange ! Vous êtes donc encore en vie ? Merveilleux, merveilleux. Écoutez, Charles, j'ai une idée absolument divine. Nous allons organiser une party. Nous allons louer une voiture et aller en bande à Jones Beach. Nous nous amuserons comme des fous. J'ai acheté une tente de plage. Transportable, mon ange. Jaune, verte et rouge. Oh, elle est insensée, mon ange. Très « Cléo descendant le Nil » ! Qui ? Eh bien, il y aura Diego... Vous ne l'avez jamais rencontré, n'est-ce pas ? Oh, il a un charme ! On jurerait un caramel fondant au soleil. Il veut être ébéniste. Laura le trouve a-do-rable. Elle viendra avec nous. Elle a un maillot de bain français absolument fantastique. Un bikini. En tricot rouge. Dément, Charles ! Je me disais que nous devrions aussi inviter Sade... Oh, je suis navrée, mon ange. J'oubliais que vous étiez en froid. Mais alors je pourrais faire signe à cet adorable petit garçon juif... Comment s'appelle-t-il, au fait ? Mais si, vous savez qui je veux dire ! Et puis Lena. Elle est tellement amusante. Je me suis laissé dire qu'elle était de nouveau en circulation. Vous l'avez vue ? Et que dites-vous de ça, mon ange : j'ai du champagne pour vous. Rien que pour vous, mon ange !

Je me sens au bord des larmes. J'ai tout juste la force de gémir :

— Seigneur !

Et je raccroche.

À ce moment-là, Claudia, la Grande Duchesse, arrive en trombe. On jurerait un sultan épileptique. Il a les sourcils en bataille. Son maquillage qui s'en va par plaques découvre çà et là sa peau sombre et le fait ressembler à un léopard. La chérie est encore dans les vapes consécutives à une saoulographie doublée d'une orgie sexuelle qui ont duré toute la nuit.

— Charles, mon petit, file-moi une cigarette, dit Claudia en s'abattant dans mon fauteuil comme un oiseau à bout de forces. Oh, mon petit, j'ai vraiment eu une nuit à tout casser. Je me suis amusée comme une folle. Ces petits en voulaient, je t'assure. C'est bien simple, ils y allaient comme s'il ne devait jamais y avoir de lendemain.

Puis c'est au tour de Lady P. de faire son entrée. Elle frétille de sa petite queue égyptienne comme une débutante effarouchée.

— Amour à sa maman, roucoule Claudia. On va aller faire une petite ballade. Et si vous m'aidez à lever un petit homme adorable, nous aurons du bifteck haché pour dîner. Voilà ce que le petit chéri aura.

Claudia prend sous son bras la petite Lady P. toujours silencieuse. Et elles sortent toutes deux, dans une envolée digne du grand opéra.

ENCORE TRAVAILLÉ TARD aujourd'hui : 7 heures du soir. Comme rien ne m'attendait chez moi, j'ai marché jusqu'à Amsterdam Avenue pour prendre un verre. Je me suis rappelé que c'était le bitume de cette pauvre Alice et, en passant, j'ai eu envie de dire une prière pour elle. En voilà, une fille qui aimait la vie ; et la prostitution et la drogue n'avaient rien à voir là-dedans.

Je me souviens d'un jour où Alice s'était penchée par ma fenêtre et avait lancé une poignée de sous aux gosses qui habitent mon pâté de maisons :

— Allez-y, espèces de petits salauds ! Ramassez-les ! C'est après ça que vous allez courir tout le restant de votre vie, Allez-y, bande de salopards !

Sa tirade avait été suivie d'un grand éclat de rire, un éclat de rire qui aurait écorché à vif un cœur sensible. Bruce avait essayé de convertir Alice :

— Si Saint-Pierre ouvre ses portes d'ivoire pour toi, lui disait Alice, je pense qu'il les ouvrira pour moi aussi. Ouais. T'es dans le vrai, mon baigneur.

Il y a environ un an, elle avait attrapé la syphilis. Un mois plus tard, elle était presque dingue. Elle continuait d'emmener des clients dans sa chambre de la 85e Rue Ouest. Et c'est là que, par un après-midi de mars, blême et sans vent, elle traça d'étranges arabesques sur la figure d'un homme avec le goulot d'une bouteille de bière. Elle me téléphona d'une voix perdue. Et j'ai pensé tout de suite qu'elle s'était remise à l'héroïne.

— Charlie ! gloussa Alice. Rapplique en vitesse, je crois que j'ai tué quelqu'un.

— Qui ? demandai-je. Tu es bourrée ou quoi !

— Ça, oui, mon baigneur, dit Alice. Mais ce coup-ci, j'y ai été fort. Il y a un connard qui a tourné de l'œil sur le lit et qui est en train de saigner. Viens vite, mon baigneur.

J'arrivai une heure plus tard. La pièce était vide et il n'y avait plus que des taches de sang sur le lit crasseux d'Alice. L'unique fenêtre de la chambre était ouverte et les rideaux de plastique rose claquaient dans le courant d'air. Je me penchai au dehors. Mais il n'y avait aucune trace d'Alice dans l'arrière-cour jonchée de détritus.

— Je savais que ça arriverait, j'en étais sûr, me dit le gardien d'un air rigolard tout en exhibant une superbe collection de dents gâtées.

— Qu'est-ce qui vous fait dire ça ? demandai-je d'un ton sec.

— Oh, rien, fit-il en fronçant les sourcils. Vous êtes son mac ou quoi ?

— Non, répondis-je lentement, essayant de contenir ma colère. Je suis son frère.

La pitié apparut sur le visage ridé du gardien :

— En tout cas, son loyer est payé jusqu'à samedi.

Cela se passait il y a un an. Et c'est l'âme pleine de ces tristes souvenirs que j'entre dans le Step Down Bar, Amsterdam Avenue. Il y a là quatre hommes et une femme qui, tous, ont l'air d'habitués, de voisins, d'intimes. Le bar est propre, tranquille. Le poste de télévision est posé sur son trône, à mi-hauteur du mur revêtu de glaces, et les cow-boys sont en train de procéder à un véritable carnage, mais le son est coupé.

Je commande un bourbon plus une bière pour le faire passer. Et je m'installe dans mon coin habituel, près de la porte. Si le spectacle de la rue devient ennuyeux, je pourrai observer les clients, à condition qu'à leur tour ils ne se montrent pas trop curieux à mon sujet.

À l'autre extrémité du bar se trouve un garçon aux cheveux courts coupés en brosse. Il a un visage frais, des traits réguliers. Ses yeux froids sont d'un bleu profond. Avec son veston de sport en madras, son pantalon kaki, sa chemisette et sa cravate étroite, il fait un peu déplacé dans le secteur. À mon avis, il doit venir du côté ouest de Central Park.

De temps en temps, il lève les yeux de sa bouteille de bière et me lance un regard. Ce regard est froid, impersonnel. On dirait une bonne ménagère en train d'inspecter un gigot d'agneau chez le boucher. Mais je suis bien décidé à ce que ce type ne me porte pas sur les nerfs. Je me demande quand même pourquoi il ne regarde pas plutôt la télévision. Le film de cow-boys a cédé la place à un dessin animé où des singes sont attifés comme des *girls*. L'unique femme du bar, une rouquine, est en train de boire un Tom Collins. Elle a l'allure d'un nu de Rubens qu'on aurait habillé d'une robe à pois au décolleté plongeant. Ses nénés voluptueux et crémeux se répandent presque sur le comptoir. Le barman promène obstinément son chiffon humide sur le bar, ce qui l'oblige tout le temps à remettre en place la soucoupe de la rouquine. Ses yeux restent baissés et il a le visage en feu. La rouquine, elle, raconte de bonnes grosses gaudrioles.

Le type aux cheveux en brosse commence à me taper sur le système. Je suis là, en train de siffler mon second bourbon, décontracté, heureux que demain soit un jour de congé, essayant de remettre mes idées en place. Je ne demande rien à personne. S'ils sont différents, mes cheveux n'en sont pas moins coupés aussi courts que les siens. Je suis rasé de près. Je n'ai pas le moins du monde l'air insolite. C'est en tout cas ce que me dit mon image réfléchie dans la glace. Alors ?

Je vais jusqu'au jukebox et je fais jouer deux disques de Billie Holiday. *Yesterdays* et *Ain't Nobody's Business If I Do*.

Cheveux-en-brosse est en train de boire sa bouteille de bière avec une belle sérénité. Je décide, bon, eh bien je vais faire perdre contenance à ce corniaud. C'est au tour de mes yeux de travailler ; ils vont l'expertiser, l'évaluer et puis faire comme s'il n'existait pas.

O.K. Maintenant, pose ton verre. Paupières baissées. Et puis relève-les. « Au poil, comme dirait Mitch, tu as fait mouche. » Maintenant il a un froncement de sourcils mauvais sur son visage bronzé et il secoue la cendre de sa cigarette. Il ne veut pas te regarder.

Tiens, le voilà qui sourit. Avec ses yeux autant qu'avec sa bouche. Il l'ouvre si grande, cette bouche, que je m'attends un peu à voir des couronnes sur ses jolies quenottes blanches. Bon Dieu, qu'est-ce qui est si foutrement drôle ? Il doit être dingue, il en a marre d'être seul, il a des problèmes, ou alors c'est une tante. Ce serait peut-être intéressant de découvrir son histoire.

Je prends un autre bourbon. Ses foutus yeux bleus sont posés sur toi, mon coco. Ça me ferait plaisir de coller mon poing sur cette bouche orgueilleuse et ferme. Il me dévisage de nouveau. Sourire insolent sur sa gueule de jeune Blanc de bonne famille. Seule solution : continuer à le fixer, jusqu'à ce qu'il se décourage.

Le barman vient poser devant moi une bouteille de bière. Sa face de hibou revêt une expression goguenarde, complice :

— C'est pour vous, dit-il.

Cheveux-en-brosse brandit sa bouteille de bière dans ma direction en un simulacre de salut fraternel.

Je réponds en grimaçant un sourire.

Soudain, il se lève et se dirige vers moi. Je m'aperçois qu'il a un pied-bot, le gauche. Il porte une paire de bottines en cuir de Cordoue, bien astiquées. Il avance, sa bouteille de bière dans sa grande main comme un étendard. Maintenant, son sourire est chaud, un bon sourire d'adolescent. Mais j'ai mes doutes.

— Salut, dit-il gaiement. Vous avez des yeux bizarres. On vous l'a déjà dit ?

Je descends le reste de mon bourbon et j'entame la bière de Cheveux-en-brosse. Je ne vais tout de même pas faire les premiers frais de la conversation après une telle entrée en matière.

— Quel est le score de l'équipe du Met ? demande-t-il.

— Je ne sais pas.

— Les Mets se sont vraiment fait flanquer une trempe par les Pirates.

— Ouais. Les Mets ont été crucifiés.

Cheveux-en-brosse rit de bon cœur et dit :

— Vous avez assisté à la rencontre des Yankees contre les Tigers dimanche dernier ? Mec ! Vingt-deux tours de batte ! J'ai bien dû boire une caisse de bière durant ce match.

— Je n'espérais pas que les Yankees iraient si loin.

— Si je comprends bien, vous êtes un fan des Yankees ?

— Ouais. Mais, vous savez, en 45, les Tigers et les Athletics ont joué presque cinq heures, dis-je, collant ainsi dans la balance toutes mes connaissances en fait de base-ball.

— Sans blague ? fait Cheveux-en-brosse d'un ton faussement surpris.

Puis il observe dehors le trafic embouteillé et son concert d'avertisseurs :

— Ça vous dit de venir jusque chez moi ? C'est à deux pas. J'ai de la bonne camelote, du vrai tord-boyau.

— D'accord.

J'ai répondu posément, sans réfléchir. Après tout, je me dis que Cheveux-en-brosse ne mérite pas qu'on réfléchisse.

Peter, car tel est le nom du jeune homme au pied-bot, habite un appartement agréable qui domine Central Park. Boiseries. Haut plafond voûtée. Un vieux buffet rustique dissimule adroitement un bar et une chaîne stéréo. Peter est fier de son appartement. Me dit en riant qu'il faudra bientôt qu'il se mette à travailler : parce qu'avec un loyer de deux cent cinquante dollars par mois, évidemment... Cependant, ses regards rencontrent rarement les miens. Ses yeux d'un bleu profond expriment la peur et la souffrance d'un jeune animal timide. Je ne me mets pas en frais pour lui – j'ai rencontré par le passé trop de petits morveux, pleins aux as et condescendants, trop de ces enfants gâtés qui ne pensent à rien. Ils reçoivent la meilleure éducation que l'argent puisse vous procurer, ils s'offrent des voyages ; mais tout ça ne leur sert pas à grand-chose. Je me souviens de Mark qui était allé à Harvard, et puis à Cambridge, et qui n'était pas fichu d'avoir une seule opinion personnelle. Prenez Channing – avec tout cet argent qui roule dans sa famille, eh bien il n'a jamais mis les pieds en Europe. Et la pauvre petite Elisabeth. Elle a passé les sept dernières années à l'étranger, en majeure partie à Paris, et pourtant elle en sait moins que moi sur cette ville.

— Vous êtes la première personne de couleur que je connaisse, annonce soudain Peter en tâtonnant pour trouver une cigarette. Je veux dire... à l'exception de ma bonne.

— Ça ne m'étonne pas, dis-je suavement.

— Pourquoi ?

— Ça tombe sous le sens, non ?

— Probablement, acquiesce Peter.

Je bois un gin tonic ; Peter, de la bière dans un gobelet d'argent ciselé.

— Vous aimez le tennis ?

— Non.

— L'opéra ?

— Non.

— Vous vous intéressez à la politique ?

— Non.

Peter pose délicatement son gobelet d'argent et sourit :

— Je parie que vous aimez baiser.

Oh, merde, me dis-je tout en sentant la dépression habituelle s'installer en moi. Je donnerais n'importe quoi pour rencontrer une fois quelqu'un qui me surprenne. J'ai étudié les gens pendant près de vingt-neuf ans et c'est un supplice que d'être capable de pouvoir tous les classer d'avance, chacun dans leur fente, comme des sous dans un distributeur de cigarettes. Dans les bars de l'East Side, vous voyez tous les petits pédés ingurgiter de la bière, rien que de la bière. Il n'y a que les homosexuels fauchés qui mélangent leurs alcools. Je suis plutôt libre sexuellement, mais j'en ai un peu marre des simagrées tantousardes. Les tantes ne sont pas vraiment honnêtes et leur trouille n'y est pour rien. Face aux hétéros sourcilleux chez les flics, tout chez eux est affaire de peur, de haine ou de désir de gagner de l'argent. Le plus grand problème du mâle américain est de prouver sa virilité. J'estime pour ma part que je n'ai pas à soulever des poids ni à porter des talons à bouts ferrés pour proclamer que je suis un mâle. Claudia, la Grande Duchesse, m'a dit une fois : « Oh, mon petit, un de ces jours nous aurons une tapette comme président. En grand travesti. Tu ne trouves pas que ce serait follement démentiel ? »

La voix de Cheveux-en-brosse vient interrompre mes réflexions :

— Vous savez, je déteste les nègres.

Il est assis sur le divan. Ses pieds sont posés sur une petite table basse au plateau d'ardoise. Je sirote mon gin tonic. Je regarde Peter en souriant. Ses yeux bleus flamboient de haine. Son visage est très rouge.

— Bon, eh bien, qu'est-ce que tu vas faire à ça, espèce de sale nègre ? demande-t-il, la voix tremblante.

J'éclate de rire. Et je secoue la tête d'un air navré :

— Me noyer dans mes propres larmes, comme le chante Ray Charles. Qu'est-ce que je peux faire d'autre ? Te tabasser à coups de poing pour faire sortir la merde dont tu es rempli ?

— J'aime qu'on me fasse un peu mal, dit Peter. J'aime qu'on m'attache les mains derrière la tête. Ensuite, je ferai tout ce que tu voudras.

NEUF HEURES ET DEMIE DU MATIN. Ciel d'un gris mat et léger, douce pluie d'été. Talons qui claquent, semelles qui se traînent, bruit des pas qui se hâtent vers le travail. Aubade des joyeux camionneurs qui ne mâchent pas leurs mots : « Magne-toi le cul, eh, connard ! » Banlieusards somnolents qui se coulent à l'intérieur du Tip Top Parking. Par ma fenêtre, je regarde les voitures embouteillées, pare-chocs contre pare-chocs, jusqu'à la Cinquième Avenue. On dirait un ourlet multicolore bordant la grande cape du Rockefeller Center. Les arbres chétifs alignés le long de la rue ont l'air de fleurs fatiguées, plantées dans des boutonnières. À travers l'écran de pluie, l'Empire State Building paraît mignon comme tout ce matin. À l'Elmwood Hotel, personne ne donne signe de vie, excepté la blonde cendrée du quatrième étage en train de se maquiller devant une glace qu'elle tient à la main.

Après-midi. Staccato de la pluie. Voix indistinctes qui montent de la rue. L'air frais a un avant-goût d'automne. Un voisin vient me dire qu'il y a eu une descente de police. Je suis au courant. Et ça ne m'intéresse absolument pas. À cinq heures, le ciel qui s'assombrit fait penser aux brefs crépuscules de l'hiver. L'éclat du néon coupe l'obscurité qui s'épaissit. Il me tarde de voir cet été finir. Il me tarde de pouvoir m'en aller.

Maxine fait soudain irruption. Elle revient de son cours d'art. Très élégante : manteau de pluie jaune et brillant, capuchon assorti. Elle est plantée sur le seuil. Ses yeux malicieux parcourent la pièce plongée dans l'obscurité et je sais que rien ne leur échappe. Puis elle vient en courant s'asseoir près de moi sur le divan et me chuchote son grand secret :

— La police est venue, Charles. Ils sont venus cet après-midi. C'était une descente.

— Oui, mon poussin. Je les ai entendus. Je crois que c'était une fausse alerte.

— Une fausse alerte ? Alors c'était une erreur ?

— C'est ça, mon poussin. Au fait, comment s'est passé ton cours ?

— Pas mal. Enfin, je crois. Modelage.

Je vois d'ici l'attitude de prima donna et de « je suis née pour être un chef » que doit avoir Maxine aux classes enfantines du MoMA.

— Ce sont des bébés, là-bas, soupire Maxine. Nous avons modelé de l'argile, cet après-midi.

— Moi, j'adorais modeler l'argile. On peut faire des quantités de choses fantastiques avec l'argile. Ça m'amusait beaucoup quand j'étais gosse.

Maxine me regarde gravement :

— C'est vrai, Charles ?

— Oui. C'est très amusant. Mais il faut que tu t'appliques. Ça prend du temps, le modelage. Et puis c'est quelque chose de nouveau pour toi.

Maxine enlève imperméable et capuchon. Elle les plie soigneusement sur une chaise.

— J'aime bien l'argile. Mais je n'aime pas fabriquer des garçons, des filles, des chiens et des maisons. Je voudrais faire des trucs fantastiques. Mais le professeur dit non, faites des garçons, des filles, des chiens et des maisons.

— Eh bien, si tu es sage...

— Sage ? dit Maxine en riant. Tu sais que je suis toujours sage, Charles.

À ce moment-là, Mitch me crie qu'on me demande au téléphone. Quand je reviens, Maxine interroge :

— Qui c'était ?

— Shirley.

— Oh, elle ! Est-ce qu'elle vient ?

— Non.

— Dis, Charles, elle te plaît bien Shirley, non ?

— Bah, Je n'en sais rien, mademoiselle Chipie.

— Charles ! Voilà que tu recommences. Tu ferais mieux d'arrêter tout de suite. Je t'assure que je ne plaisante pas.

— Et si on prenait le thé, mademoiselle Chipie ?

— Tu as des petits gâteaux ? Je n'aime pas le thé sans petits gâteaux. Mais j'aime le thé glacé.

— Tu sais bien que j'ai des tonnes et des tonnes de gâteaux. *Mucho* gâteaux.

— *Mucho* gâteaux ! rit Maxine.

Elle me regarde dans les yeux et elle ajoute :

— Il y a longtemps que nous n'avons pas pris le thé avec des gâteaux. Tu n'achètes même plus de biscuits salés.

J'essaie de plaisanter :

— Ils ne vont pas bien avec le vermouth.

Le profond soupir de Maxine et sa grimace éloquente ajoutent une nouvelle marque au tableau d'affichage de ma culpabilité.

— Allons, mademoiselle Chipie, dis-je en me levant et en saisissant la main de Maxine. Prenons le thé.

— C'est moi qui vais le faire, me dit Maxine. J'ai beaucoup grandi, cette année. J'arrive même à allumer le brûleur du fond de ta cuisinière.

— Tu as raison, mon poussin. Tu deviens vraiment une grande fille.

— Oui ! s'exclame Maxine.

Elle sort la théière du placard. Et elle entonne :

— Je bois beaucoup de lait frais, c'est pourquoi j'ai les dents fortes et les os bien faits !

Maxine m'adresse un sourire éclatant et allume la cuisinière. Je me sers un autre vermouth.

— Tu bois vraiment beaucoup, dit Maxine, Maman assure que tout ce que tu jettes à la poubelle, ce sont des canettes de bière et des bouteilles de whisky.

— Vraiment, mademoiselle Chipie ?

— Oui. Et cesse de m'appeler mademoiselle Chipie.

— Comment est-ce que je dois t'appeler ?

— Mademoiselle Chipie, espèce de pignouf !

Je décide d'aller faire un tour. Dans l'escalier, je rencontre Maxine qui revient de la salle de bains de son étage.

— Où vas-tu, Charles !

— Dehors, dis-je sèchement.

— Eh, poupée, lance Maxine d'un ton canaille, vas-y mollo quand même !

— Tu as raison, mon poussin.

Je souris. Et je continue de descendre, mais en comptant les marches.

AUJOURD'HUI, j'avais une livraison à faire dans le monde paisible et serein de Manhasset, Long Island. Un groupe de gosses de la maternelle était en train de jouer devant une grande maison de style Tudor. Un petit garçon, qui avait sur la tête un casque d'astronaute et sur le dos un T-shirt de Davy Crockett, a braqué sur moi un revolver à eau en plastique jaune et s'est écrié :

— Dis donc, toi ! Le Chinois !

J'ai esquivé le jet d'eau et j'ai pensé que c'était la première fois qu'on me confondait avec un Chinois. Pendant un instant, j'ai eu envie de rétablir les faits. Mais je me suis dit qu'après tout, si le gosse s'était trompé de nationalité, il ne s'était pas trompé de ton.

J'ai toujours été conscient d'être un Noir. Et si jamais j'avais un bref moment d'oubli, me venait du monde extérieur un signe, un geste, un mot pour m'aider à garder ma race présente à l'esprit. Même avec mes meilleurs amis parmi les Blancs, il y a ces petits rappels. Troy Lamb, qui est d'origine écossaise et germanique, avec un soupçon de sang juif, laisse voir de temps en temps à quel point ses sentiments sont mitigés en ce qui concerne les gens de couleur. Pourtant ce même Troy Lamb a voulu que je vienne à l'hôpital pour la naissance de son second enfant et que je rencontre ses beaux-parents. Allez y comprendre quelque chose. Prenez Laura Vee, qui est mannequin. Arbore-t-elle une nouvelle coiffure, une robe de Paris ? Si, sortant de mon immeuble, nous tombons sur un car panoramique plein de touristes du Sud, elle prendra mon bras avec orgueil, dans un geste de défi. Mais il arrive aussi que Laura Vee, furieuse, me crie : « Bon Dieu, tu me traites comme si j'étais une Blanche ! » Je m'incline, parce que Laura s'est inclinée souvent devant mon trône noir.

J'ai toujours erré comme un fantôme mal assuré à travers le monde des Blancs. Les blessures que j'ai pu recevoir dans mon enfance, au Missouri, ne me firent pas plus de mal qu'une douleur physique à la fois aiguë et soudaine. À six ans, j'étais le compagnon de jeux de deux jumeaux, un garçon et une fille dont le père, qui était avocat, faisait travailler mon grand-père. La fille m'invitait à ses anniversaires. Et pourtant, ni elle, ni son frère ne venaient jamais au mien. La blanche Penelope Brown et moi avons joué comme frère et sœur jusqu'à ce que nous parvenions à l'âge critique de douze ans. Nos rapports devinrent alors très mondains, très cérémonieux.

Je me souviens d'un petit garçon qui s'appelait Bobby. Il était infirme et bégayait. Sa maison était la première habitée par des Blancs qu'on rencontrait en sortant de notre quartier pauvre. Tous les jours, je trouvais Bobby planté contre sa barrière badigeonnée à la chaux. Et il m'accueillait en criant : « S-sale nè-ègre ! » Chaque fois, je me mettais à rire, et je boitais pour l'imiter. Ou bien je faisais une cabriole rapide sur le trottoir, devant sa maison. Et, en me relevant, je lui disais : « Vas-y, tordu ! Fais-en autant ! » Ça rétablissait l'équilibre.

Au cinéma, comme tous les Noirs, j'étais obligé de m'asseoir au balcon, sur des bancs de bois dur. En bas, à l'orchestre, les sièges étaient capitonnés avec du simili-cuir marron. Seulement, au balcon, il faisait très sombre et nous, les petits garçons noirs, nous arrivions à fumer en cachette et à peloter les petites filles de couleur. Voilà quelque chose que les gosses blancs d'en bas ne pouvaient pas faire. Les lumières étaient trop vives.

La première fois que j'ai passé un week-end tout seul parmi des Blancs, j'avais quatorze ans. J'étais très timide, à l'époque. Je suis arrivé en retard pour le dîner. Ils m'attendaient et pourtant j'ai retardé encore mon entrée. J'ai frotté mes souliers une fois de plus. J'ai brossé de nouveau mes cheveux. Je venais de prendre un bain, et pourtant j'ai vérifié mes aisselles. Dans ce temps-là, l'idée que les Noirs dégageaient une odeur spéciale était encore tenace en moi. Je n'y croyais pas, mais les Blancs disaient que c'était vrai et les Blancs ont toujours raison, non ? En descendant l'escalier recouvert d'un tapis, j'ai entendu l'oncle de mon hôte de quinze ans, un sénateur du Missouri, qui disait :

— Peut-être qu'il ne viendra pas parce que nous n'avons pas de pastèques.

Le sénateur a ri de bon cœur à sa propre plaisanterie. Mais son rire n'a pas eu d'écho.

Au cours des disputes entre Noirs, dans mon enfance, l'argument suprême était toujours de me traiter de « bâtard jaune » ou de « bâtard couleur de merde ». Il arrivait que, par mesure de protection, nous autres bâtards jaunes et couleur de merde, nous fassions bande à part. Le fait que notre peau brune soit plus ou moins claire ne nous montait pas à la tête ; nous savions que nous étions des gens de couleur. Pourtant, quelques-uns de mes camarades de classe, amis d'enfance à la couleur claire, ont changé d'avis en vieillissant.

Lorsque j'eus seize ans, j'obtins un poste de redresseur de quilles au bowling de Fair Lanes, qui appartenait à Harry O'Malley.

— Eh bien, dis donc, Harry, je vois que tu as un mal blanchi, là-bas dans le fond !

Harry O'Malley ne répondait pas. Il se contentait de détourner les yeux.

— Vise le nègre, chéri !

— Oh, voyons, mon chou ! (Je les entendais glousser.)

— Regarde le nègre fonctionner. Vif comme l'éclair !

On m'avait surnommé l'« Éclair » tellement j'étais rapide. La première semaine, j'étais terrifié, et terriblement conscient qu'il fallait que je travaille bien. Les Noirs de mon voisinage me l'avaient répété à satiété :

— Écoute, fiston, il faut que tu te conduises bien. Tu dois être le meilleur de tous.

— Oui. C'est ce que les Blancs attendent de toi.

— Tu feras bien attention de dire « oui, madame » et « non, madame » et « monsieur ».

— Et tâche de ne pas jouer les culs de plomb, mon petiot.

— Tu devrais être fier. Tu es le premier garçon de couleur qu'ils emploient là-bas comme redresseur de quilles.

Je travaillais vraiment dur et vite. Et, le second soir, je m'occupais déjà de deux pistes. À la première nuit de championnat, Harry me chargea de servir les équipes les plus lentes (tâche qu'un redresseur de quilles considère comme un honneur et un fardeau). Cela devint une habitude.

Un redresseur rapide accélère les joueurs qui sont lents. Les compliments de Harry, les regards envieux des redresseurs de quilles blancs et les encouragements des autres Noirs ne m'enflèrent pas la tête. Je savais que j'avais bien travaillé. J'étais fatigué. Et voilà tout.

Pour rentrer chez moi, je choisissais souvent le chemin le plus long. Je prenais par la place du Tribunal, je remontais une rue élégante, résidentielle, habitée par des Blancs. Après quoi, je passais un pont, je traversais les rails du chemin de fer et je débouchais dans le quartier pauvre, chez moi. J'aimais les vieilles maisons victoriennes qui jalonnaient cet itinéraire.

Une nuit, les flics m'ont interpellé :

— Eh, le nègre ! Où vas-tu ?

— Quoi ?

— Je te demande où tu vas !

— Chez moi.

— Tu habites par ici ?

— Non... Je...

— Allez, monte.

Le commissariat. Je me revois debout au milieu d'une pièce dans laquelle il n'y avait pour ainsi dire pas de meubles. Je me suis demandé : qu'est-ce que je vais dire à grand-mère ? Au-dessus de ma tête brillait une ampoule nue, éblouissante. Tout à fait comme dans les films, ai-je pensé. Mais j'avais peur, avec ces quatre agents autour de moi. Mon cœur battait à se rompre. Mes yeux couraient d'un homme à l'autre, puis se promenaient sur le mur, derrière le bureau à cylindre, le mur crème que décoraient un portrait de Lincoln, le drapeau américain et une fille nue sur un calendrier.

Au bout d'un moment, l'agent qui était derrière le bureau leva les yeux :

— Qu'est-ce que tu faisais là où on t'a ramassé ?

— Je travaille au bowling de m'sieur O'Malley et j'aime rentrer chez moi par le chemin le plus long. C'est très calme et j'aime bien marcher.

— Sans blague ?

— Oui, monsieur. J'aime courir, aussi. À l'école, je fais partie de l'équipe de course à pied.

Le flic qui était derrière le bureau hocha la tête et eut un mince sourire :

— Ôte tes mains de tes poches ! ordonna-t-il. Fouillez-le, les gars.

Les agents qui m'ont fouillé trouvèrent : un mouchoir imprégné de sueur, un peigne de poche, un briquet Zippo et un portefeuille qui contenait quatre billets d'un dollar, une pièce de cinquante cents, trois pièces de vingt-cinq cents, une pièce de dix cents et un cent.

Le policier qui était au bureau pinça les lèvres et passa dans ses cheveux gris une main pâle aux veines bleues :

— Pas de couteau, hein ? Jamais été arrêté ? Tu aimes faire des promenades... et tu fais partie de l'équipe de course à pied. C'est bien ça ?

— Oui, monsieur ! dis-je joyeusement, me fiant à la vérité qui sauve.

— ALORS, NOM DE DIEU, COURS AUTOUR DE CETTE PIÈCE !

Je me mis à courir. Tête haute, les bras ramenés à la taille, l'allure lente et décontractée d'un bon trotteur.

— Plus vite ! a hurlé un agent.

— Il file bien, a ajouté un autre.

— Bon Dieu, un vrai lapin !

— Plus vite, mon gars !

J'ai accéléré. La pièce gardait la chaleur comme un four chauffé à blanc. La sueur jaillissait de ma figure. Coulait en petits ruisseaux le long de ma figure. Mon T-shirt était trempé et me collait au corps comme une seconde peau. Chaque fois que j'avalais ma salive, j'avais l'impression que ma gorge se contractait. À un moment, j'ai fermé les yeux. Je voyais la pièce tourner comme une toupie.

— Plus vite !

Je pouvais à peine respirer, mais je continuais à faire de longues foulées. Une demi-heure plus tard, mes jambes ont commencé à me lâcher. Les muscles des mollets me faisaient mal. À mes yeux brouillés et traversés d'éblouissements, la pièce n'avait plus l'air d'une pièce ; elle tournait mollement comme un linge géant dans une machine à laver. Autre sensation bizarre : mes pieds me paraissaient aussi légers que du coton.

— Ça va, mon gars, dit en se levant le policier qui était derrière le bureau. Ça suffit.

Je m'écroulai contre le bureau, épuisé. Et j'essuyai ma figure avec le revers de ma main.

— C'était foutrement bien, dit le flic aux cheveux gris.

Il fouilla dans sa poche et jeta une pièce de cinq cents par terre :

— C'était une performance au poil, mon gars.

La pièce de cinq cents atterrit avec un bruit mat, roula et, comme par un fait exprès, tomba côté pile au sol. Je ne pouvais pas détacher mes yeux de cette pièce. (Je m'en souviens encore, une de ces vieilles pièces sur lesquelles il y avait une tête d'Indien.)

Alors je me suis agenouillé et j'ai ramassé la pièce parce qu'il n'y avait rien d'autre à faire.

— Tu cours vraiment vite, dit un des agents en me rendant mon portefeuille.

— Jamais vu un nègre qui ne coure pas bien, ajouta un autre flic.

— Ouais, acquiesça le policier aux cheveux gris. Mais toi, je te préviens, reste dans ton quartier. Tu as compris ?

— Oui, monsieur, répondis-je en faisant passer le maximum de conviction dans ma voix.

Sur ce, je suis sorti du commissariat de Sedalia, Missouri, en essayant de ne penser à rien.

C'était une belle nuit d'été, une nuit paisible. La rue était déserte. Et les vieilles maisons victoriennes disparurent de mes rêves comme s'estompa cette nuit.

Quand je fus plus âgé, le monde blanc me fit des appels. Ils me voulaient. Mais maintenant, je commence à me demander ce qu'ils pouvaient bien me vouloir. L'argent, je n'en avais pas. Peut-être essayaient-ils de se prouver quelque chose à eux-mêmes, de se rassurer, de se servir de moi comme d'un tremplin ? Parmi les jeunes femmes blanches dont je devins l'ami, très peu désirèrent coucher avec moi.

Les jeunes Noirs, ceux que je rencontrais à des soirées chez les Blancs libéraux, ou à des soirées chez des Noirs chics, posaient un tout autre problème. C'étaient des garçons réservés, habillés comme s'ils appartenaient à de bonnes familles blanches, généralement pourvus d'une pipe et de moustaches. De parfaits gentlemen : des Oncle

Tom sophistiqués. Et je n'ai pas grand goût pour les filles noires qui ont fait leurs études dans une bonne université. Ce sont généralement de fausses intellectuelles. Les filles noires sympas, on a beaucoup plus de chances de les découvrir parmi celles qui ont fait une école de secrétariat, parmi les serveuses, les femmes de chambre, les jeunes chanteuses. Elles savent ce que c'est que le système racial ; elles ont payé leur dû pour le savoir.

Si vous n'êtes pas d'accord avec un Noir sur les questions raciales, eh bien dites-vous que vous cherchez la bagarre. Je me souviens de nos batailles à l'école au sujet de Lincoln. Après tout, qu'est-ce que Lincoln avait fait *réellement* pour les Noirs ? Les bagarres se produisaient surtout au moment des élections, de l'anniversaire du vieux, ou quand nous étudiions certaines périodes de l'histoire américaine.

Être né noir. Pas de ce noir absolu qu'on qualifie d'absence de couleur, pas brillant, pas monstrueux. Mais Noir. Ou plutôt, d'un élégant café au lait. Moitié moitié. Noir. Ma famille est à peu près également divisée entre les nuances claires et les nuances foncées. Je suis bronzé, d'un brun jaune, comme si on m'avait exposé au soleil au moment où je sortais du ventre de ma mère. Beige. Je suis un homme de couleur. La Ronde a commencé dès que mes ancêtres ont débarqué d'Afrique. Je maudis le jour de leur luxure. Je leur souhaite de nombreuses saisons dans un enfer syphilitique.

Leur sperme caillé... pourquoi n'ont-ils pas pu se cantonner à leur race ! Ils ont fait de moi un marginal. Une minorité à l'intérieur d'une minorité. On me traitait de métèque quand j'étais enfant, avant que mes boucles ne deviennent crépues. Encore ce coup de soleil ! Maintenant ces cheveux crépus forment mon orgueilleuse couronne. Nègre. Négroïde. Négro.

Noir, brun et beige. Jaune, couleur de merde. Étalon nègre, jeune nègre mâle. Produit de générations de bâtards anglo-saxons, africains, indiens Black Creek et indiens Choctaw.

Moi, le dernier Stevenson noir du Sud-Ouest, le dernier du Missouri.

LENA EST DE NOUVEAU en circulation. Je la rencontre chez Bobby, dans son petit hôtel du West Side.

— Ah ! Voilà mon papa, dit Lena en souriant d'une oreille à l'autre. Voilà mon doux petit enculeur de sa mère.

Elle se précipite vers moi. Enorme pull italien trop grand pour elle, pantalons bleus qui moulent ses formes. Fesses frétillantes. Elle me plante un gros baiser sonore en plein sur le sommet du crâne.

— Salut, poupée, dis-je en sortant un sourire heureux. Quand es-tu sortie ?

— Mardi matin.

Elle tapote ses petites frisettes serrées, disposées géométriquement sur sa tête, nid d'oiseau bien entretenu.

— Oui, mardi. Et je reprends déjà les affaires. J'ai truandé un type la nuit dernière : deux cents dollars !

Lena rejette sa tête en arrière et se met à rire. Petit rire sec. Ses dents ont l'air d'être la réserve d'or des États-Unis. Puis elle entreprend de m'asticoter. Elle se pelotonne tout contre moi. Ses longues mains de voleuse professionnelle fondent vers mes cheveux comme si elle voulait en arracher une poignée. Puis elle se plie en deux, promène sa langue pointue de sorcière sur mon bras et y enfonce sauvagement ses dents d'or.

Je me tortille et lui adresse un autre sourire crispé :

— Du calme, mon lapin.

— Voyons, miss Lena ! dit Bobby en pinçant ses lèvres jusqu'à ce qu'elles ressemblent à un abricot sec. Mon petit ! Vous n'allez pas essayer de manger ce garçon tout cru !

Lena se redresse brusquement :

— Tu n'es qu'une putain jalouse. Une sale tante.

Bobby relève le menton d'un mouvement grandiose :

— Miss Machin, vous êtes un drôle de numéro.

Un sourire sardonique éclaire le visage couleur d'ambre de Lena :

— Oui, un drôle de numéro. Mais un numéro qui rapporte !

— Peut-être, mon petit, mais j'aurais quand même préféré qu'ils gardent votre vilain cul en taule, gourmande Bobby en tendant une bière à Lena.

— Tu essaies de me coller le mauvais œil, salope ! vocifère Lena.

Puis, avec une grande simplicité, elle sort de son pull une liasse de billets en rouleau.

— Eh bien mon petit ! s'exclame Bobby dont les yeux haricot-beurre sont exorbités. Si tu fourres ça dans la gueule d'une mule, tu l'étouffes, la pauvre !

Lena compte deux cents dollars, en remet vingt dans son pull et me tend le reste.

— Tiens, papa. Je passerai chez toi demain pour les rechercher. Mais, de toute façon, gardes-en vingt pour toi.

— Miss Lena, miss Lena, mon petit, vous êtes amoureuse de ce garçon, glousse Bobby.

— Oui, murmure Lena après une seconde de réflexion. Et puis je sais que je peux lui faire confiance. Je ne peux pas en dire autant de vous autres cons.

— Oh, voyons, miss Chose, gronde gentiment Bobby. Vous avez des tas d'amis.

— Oui. Aussi longtemps que je racole dans ces rues et que je ramasse le gros paquet. Tu as foutrement raison.

Lena s'installe confortablement sur mes genoux et me chatouille le menton :

— Qu'est-ce qui te tracasse, mon baigneur ? Tu penses à Shirley ?

— Nous ne nous parlons plus.

— Oh, toujours la même chose ! Pourquoi est-ce que vous ne vous mariez pas, tous les deux ?

— Je vous vois tout à fait en demoiselle d'honneur, fait Bobby d'une petite voix douce.

Lena se redresse d'un bond :

— Parfaitement, salope ! Je serai la demoiselle d'honneur. Et je langerai leur gosse ! Qu'est-ce que tu en as à foutre ?

Effarouché, Bobby lève les mains :

— Oh, voyons, mon petit. Je plaisantais, c'est tout. Vous n'avez pas besoin de prendre la mouche pour si peu. Ah mais, zut alors !

— Tiens, salope ! dit Lena. Voilà cinq dollars. File à la cuisine et prépare-moi quelque chose à manger.

Bobby prend un air outragé :

— Miss Machin, je n'ai pas besoin de votre argent. Vous savez très bien que vous êtes toujours la bienvenue quand vous désirez prendre vos repas chez moi. Et puis je n'ai pas oublié le temps où vous avez payé mon loyer quand j'étais à l'hôpital.

— Pas à l'hôpital, mon baigneur. En taule ! Quand tu as été emballé pour avoir fait une passe dans le métro. Charlie est là, d'accord, mais ce n'est pas une raison pour que tu essaies de jouer les grandes sucrées. Je te connais comme si je t'avais fait faire, va. Maintenant, file à la cuisine et fais-moi quelque chose à manger. Prévois aussi une assiette pour Charlie.

— Moi, je ne veux rien, tu sais.

— Oh, fais donc travailler cette tante. Et puis il faut que tu mettes un peu de viande sur ces os, de toute manière.

Bobby bat des cils et se dirige d'un pas gracieux vers la cuisine. Lena, elle, revient s'affaler sur mes genoux et soupire profondément. Je lui masse les épaules et, bientôt, les profonds soupirs s'arrêtent.

— Ça fait du bien, gémit Lena.

Ses yeux soulignés de mascara bleu marine sont fermés. À travers ses tartines de maquillage, je vois les stigmates de la fatigue.

— Tu vas t'installer dans une piaule ou à l'hôtel ?

— Piaule ? Hôtel ? J'aimerais le savoir, Charles, dit Lena sans ouvrir les yeux. Je suis tellement fatiguée. Je crois que je vais planquer tout ce que j'ai ramassé et filer en Californie. Je veux faire un nouveau départ avec mon vieux. Il sort de Sing-Sing l'année prochaine.

— C'est une bonne idée. Mais alors, il va falloir que tu sois prudente.

— Tu crois peut-être que je ne le sais pas ? Je ne peux pas me permettre de me faire alpaguer encore une fois. Racoler du côté du Park Sheraton, c'est exclu. Mais si je suis bien sage, tu m'aideras ?

— Bien sûr, poupée.

L'été dernier, j'ai habité avec Lena dans le quartier chic de l'East Side, tout près de la Troisième Avenue. Je ne travaillais pas, parce que Lena aimait me trouver à la maison quand elle rentrait. Elle était souvent dehors et il y avait des tas de coups de téléphone. Lena est une prostituée et une voleuse professionnelle. Comme pour les artistes qui pratiquent l'Attrape-Couillon, son boulot marche mieux en été. Elle rencontre un client potentiel dans un bar et lui fait du baratin. Sitôt que le client quitte le bar climatisé et rejoint les rues humides, il est la proie de Lena.

Le premier gain ne faisait jamais qu'aiguiser son appétit. Elle avait l'habitude de rentrer à la maison, mettons à deux heures du matin. Là, elle déposait son butin, se changeait, buvait un verre et retournait dans les rues. Il lui arrivait d'être encore en train de racoler après le lever du soleil. Lena avait découvert qu'il y avait de jolis coups à faire au grand jour, entre six heures et neuf heures du matin. Ça, c'était généralement le samedi. Mais ce fut un dimanche matin très tôt que Lena se fit embarquer sous le porche d'une maison de couture de la Cinquième Avenue. Le client raconta que Lena l'avait arnaqué de cent soixante-dix dollars. Pourtant, quand les flics l'emmenèrent au commissariat, ils n'en trouvèrent que quatre-vingt-dix dans ses bas. Lena ne confia jamais à personne ce qu'il était advenu de la différence.

Bobby connaissait un avocat. Nous avons fait une collecte parmi les amis de Lena pour réunir des fonds. Même Bruce y alla de dix dollars. Une semaine plus tard, après le versement d'une caution de cinq cents dollars, Lena était sortie de taule. Le client n'était pas de New York, il ne voulait pas de scandale et l'affaire en resta là.

Puis Lena se fit encore une fois pincer. J'allai au procès et elle pleura dans mes bras, en disant que j'étais contre elle, que tout le monde était contre elle. Elle allait retourner à Philadelphie. Retourner au sein de sa famille respectable et bourgeoise. Des gens très bien : assistantes sociales, instituteurs, employés des postes, contrôleurs des chemins de fer. Lena avait étudié le dessin de mode pendant deux ans.

Maintenant, elle repose dans mes bras. Elle respire bruyamment, fait un petit somme.

Bobby entre avec une gigantesque assiette débordant de poulet frit et de feuilles de bettes en purée, le tout accompagné de petits pains beurrés.

— Réveillez-vous et mangez, miss Lena, dit-il.

Lena s'étire et me sourit :

— Quelle putain stupide ! Tu te rends compte ? Me réveiller pour une espèce de foutue nourriture à la flan !

— Oh, non, mon petit ! s'exclame Bobby. M'entendre dire ça après m'être donné tant de mal ! Ah mais, zut alors !

Lena s'assied et se frotte les yeux :

— Tu as quelque chose à boire, dans cette maison ? questionne-t-elle. Il va falloir que je sorte pour voir si le poisson mord.

— Oh mais, miss Lena ! dit Bobby. Il est *seulement* cinq heures.

Lena lance un regard virulent à Bobby. Puis elle secoue la tête d'un air navré :

— Écoute-le, non mais écoute-le !

Soudain, son regard pétille tandis que son plan de travail s'élabore dans son esprit :

— Je vais me faire les yeux. Et puis rafraîchir mon maquillage. Il y a ce nouveau bar où je meurs d'envie d'opérer. C'est douillet comme une matrice. Lumières douces, tapis épais. Je vais donner dans le grandiose, très chère. Comme ces putains à Miami. Je vais claquer dix ou quinze dollars dans la boîte. Mais j'en sortirai avec une passe à cent dollars. Hein ? Qu'est-ce que tu paries, salope ? Qu'est-ce que tu paries, Miss Reine du Métro ?

À ce moment précis, Claudia effectue une entrée triomphale, suivi de la silencieuse et omniprésente Lady P.

— La tête de la Reine ne tient plus sur ses épaules, caquète Claudia.

Bobby referme la porte et lance un regard furieux à l'intrus :

— Miss Claudia, vous êtes impossible.

— C'est une grandiose salope, dit Lena. Vous a-t-on rencontré en travesti ces jours-ci, ma chère ?

— Oh, mon petit ! soupire Claudia.

Il a un geste superbe. Le geste d'une reine qui congédierait des courtisans invisibles. Puis il reprend :

— Laissez-moi vous raconter ça, miss Chose...

Mais Bobby l'interrompt :

— En travesti ? Vraiment ? Je ne comprends pas comment vous osez sortir en travesti. Vous ne faites pas *femme*. Et puis vous avez les dents de devant qui avancent. Des dents de lapin.

Claudia renverse la tête et fait claquer ses doigts :

— Jusqu'à présent, ce ne sont pas à mes dents que les hommes se sont intéressés !

— Quand on voit le type d'hommes que vous accrochez ! s'étrangle Bobby. Des gorilles efféminés !

— Parce que *vous*, il vous arrive d'avoir un homme ? demande Claudia en écarquillant ses grands yeux de biche.

Mais quand donc est-ce arrivé ?

— Eh bien, j'ai mon ami, Hank... commence Bobby.

— Oh, non ! Non. Vous autres tantouses à la noix, vous me rendez malade, dit Claudia. Vous ne seriez pas fichues de reconnaître un homme si vous en croisiez un. Et puis vous ne croyez tout de même pas qu'un homme, un vrai, coucherait avec une tante qui a un cul aussi râpeux que le vôtre !

— Je ne supporterai pas que vous me parliez sur ce ton ! Ça non, mon petit, commença à pleurnicher Bobby.

— Oh, taisez-vous, miss Chose, dit Claudia ravie. De toute façon, il n'y a qu'un seul vrai petit homme dans la pièce. C'est Lady P.

LA SOIRÉE me trouve sur le perron avec une bière. Une étuve. Buée qui rend l'air immobile. On s'attendrait presque à ce que les enseignes au néon fondent comme des bougies multicolores. Les gens qui habitent le pâté de maisons sont plantés devant les hôtels et les restaurants comme des sentinelles liquéfiées. Il fait trop chaud pour dormir. D'en bas, les lumières des grands immeubles jettent une lueur fantomatique et créent un halo de cauchemar. Odeur du pain tout frais tiré du four qui lutte avec les relents des poubelles. Je vois un coussin de divan, détrempé et brûlé, des bananes pourries (les gitans), une laitue écrasée et la demilune d'un hamburger sur un petit pain grillé. Des bouteilles de limonade brisées. Une bouteille de gin. Une serviette en papier rose barbouillée de rouge à lèvres. Un ivrogne passe et renverse la poubelle qui, d'ordinaire, est plantée devant notre perron, telle une sculpture abstraite et bon marché. Je renonce à descendre les marches pour aller la ramasser. Les propriétaires des bars se désintéressent de la question. Comme s'en désintéresse le chat hautain et sans abri qui passe en se pavanant et en blasphémant à la nuit. Soudain, tout ceci est submergé par la voix rauque et suppliante d'une chanteuse de boîte de nuit, un peu plus loin dans la rue : « *Je veux être aimée...* » Demande terrible.

Miss Roberta arrive à petits pas, gazelle effarouchée. Elle est vêtue de blanc de la tête aux pieds. Ses cheveux d'un blond-fraise sont fraîchement teints. Elle m'offre une lampée de cognac au goulot de la gourde d'argent qui ne la quitte jamais. Sa Thunderbird est à l'atelier de réparation et il faut qu'elle aille faire le tapin à pied ; ses souliers de chez Miller, vingt-cinq dollars la paire, lui font un mal de chien. Miss Roberta aperçoit un client possible et me quitte.

Encore deux prostituées. Ça commence à ressembler à une réunion syndicale. Ces deux-là sont des Noires. Elles ont beaucoup de succès à Wall Street. Sally et Sue. Sally est de peau très sombre. Cheveux coupés court, luisants de gomina. Corps magnifique. Elle fait penser à ces superbes fruits exotiques soigneusement conservés dans du papier sulfurisé. Sue est fine, de peau claire, très dame. Quelquefois, Sally et Sue m'utilisent comme couverture et font une passe dans ma piaule.

Sue et Sally s'amenaient à toute vitesse, ballottant comme de la gelée sur leurs satanés talons aiguilles. Haletantes. Les flics les ont chassées de Broadway. Elles n'ont plus qu'à se poser et à attendre que le vent tourne.

— De toute façon, je n'ai pas le cœur à l'ouvrage, ce soir, dit Sally d'une voix enrouée, tout en mâchant son chewing-gum avec voracité. Et puis, mon baigneur, je ne peux pas me permettre de me faire emballer. J'ai passé la nuit au violon mercredi dernier et j'ai encore été piquée samedi soir. J'étais tout juste en train d'essayer de persuader ces flics de me ficher la paix. Peut-être bien que j'aurais été jusqu'à leur donner un peu de chatte à l'œil...

Elle rit :

— Enfin quoi qu'il en soit, mon baigneur, ils ont donc embarqué la poupée au commissariat de la 55e Rue Ouest. Direction : dernier étage. Et puis, à ce moment-là, voilà qu'une bagarre à tout casser éclate dans la salle de police, en bas. Les flics s'en vont. Ils n'auraient pas dû faire ça, mon baigneur. Me laisser comme ça, toute seulette ! J'ai ôté mes grolles à talons, je me suis traînée le long de ces quatre étages, j'ai débarqué sur le trottoir et je te prie de croire que j'ai mis toute la gomme !

Nous avons ri. Et puis, brusquement, voilà qu'un tout jeune flic s'amène. Il balance son bâton. Il marche d'un pas guindé, comme s'il avait une poutre dans le cul. Il s'approche du perron et questionne :

— Dites donc, qu'est-ce que vous faites là, les filles ?

Tout en mâchant bruyamment son chewing-gum, Sally regarde par-dessus l'épaule du flic l'énorme bagnole bourrée de monde qui est en train de s'extraire du Tip Top Parking. Elle balance ses jambes brunes et minces et commence à fredonner « *John Brown's Body* ».

— Alors, les filles, vous ne voulez pas l'ouvrir, hein ? Je parie que si je vous fous dedans, vous allez vous mettre à table. Est-ce que je ne vous ai pas vues à Broadway, il y a une heure ?

— Nous ne faisons rien de mal, m'sieur l'officier, dit Sally d'une voix traînante. On essaie simplement de prendre le frais.

— Prenez le frais chez vous.

Je me décide à parler :

— Ces filles sont mes amies, dis-je d'un ton ferme, tout en regardant le flic droit dans les yeux. Nous sommes assis là pour prendre le frais. Et nous avons l'intention d'y rester aussi longtemps que nous en aurons envie.

Le flic est stupéfait :

— Ah, vous le prenez comme ça ! Qui êtes-vous ? Leur mac ? Je peux vous foutre dedans aussi, vous savez !

— J'habite cet immeuble depuis cinq ans, dis-je en me levant. Et je sais que vous avez bien assez de boulot pour vous occuper sans être obligé de venir embêter les gens qui essaient de prendre le frais.

J'ai très peu de respect pour les agents : j'ai parcouru suffisament longtemps les rues pour savoir que si les flics travaillaient dur, les prisons déborderaient.

Après ma remarque, le flic a pivoté sur ses talons et a mis le cap sur la Sixième Avenue. Il marchait toujours comme s'il avait une poutre dans le cul.

— Fumier de flic, a dit Sally.

Au bout d'un moment, Sally et Sue sont parties. Elles étaient prêtes à s'enrôler dans l'équipe du matin.

Je suis monté dans ma piaule et Maxine a tout de suite fait irruption. Elle voulait savoir pourquoi je n'étais pas déjà au lit.

— Je vais partir à la campagne, a dit Maxine. Pas avec les gosses de la colonie de vacances. Je vais en Virginie avec ma grand-mère. Ensuite, nous irons au Canada. Tu n'as jamais été au Canada, toi, Charles ?

— Non, mon poussin. Dans des tas d'endroits. Mais au Canada, jamais. Tu es une petite veinarde.

RENCONTRÉ JELLY, mon vieux copain de l'armée, sur la Sixième Avenue ce matin. Planté devant l'entrée du métro, il s'empiffrait de pâtisseries françaises. Sa figure brune semblait paralysée par la terreur. Il a gémi :

— Charlie, mon gars.

Il faisait une température agréable, environ 18 degrés, mais la sueur ruisselait sur son visage. Il m'a adressé un sourire terrifié et m'a dit :

— Où vas-tu ? Si on allait boire une bière ?

— D'accord.

Nous étions presque au coin de la rue quand Jelly s'est arrêté net. Il s'est mis à geindre. Son sourire grimaçant était toujours collé à son visage ruisselant de sueur :

— Écoute, papa. Ce n'est pas de la bière que je veux. J'ai besoin d'une dose. Je sais où je peux trouver une dose à vingt dollars pour quinze dollars seulement et c'est vraiment de la bonne merde et Charlie, mon gars, je ne voulais pas te tomber dessus comme ça, mais je te jure que je vais mourir, j'ai l'impression que mes tripes vont sortir. Oh, frangin, il me faut cette dose ou bien je vais devenir dingue et ça coûte seulement quinze dollars, quinze sacrés dollars...

— Je peux t'en filer cinq.

Jelly m'a pris dans ses bras et, pendant un moment, j'ai cru qu'il allait me couvrir de baisers. De ses mains boudinées, il s'est accroché à ma chemise. Et il m'a regardé avec adoration :

— Tu es une mère, papa ! Une vraie mère. Depuis la Corée, je sais que tu es un type au poil.

Je me souvenais du Jelly de la guerre de Corée. Que de fois l'ai-je vu rentrer sur la pointe des pieds dans la tente, à quatre heures du matin, la voix haute et vibrante comme celle d'une femme ! Le plus souvent, il esquissait un ou deux gracieux entrechats, hurlait : « À vos rangs... fixe ! » et tombait en s'entortillant les pieds dans la moustiquaire. Il fallait que j'aille l'aider à se dépêtrer. Je me levais et je tentais de le calmer pour l'empêcher de réveiller les autres types. D'ailleurs, ils étaient tous au courant : plusieurs d'entre eux débutaient dans la drogue.

Généralement, cette opération se déroulait peu de temps avant le réveil et je n'essayais pas de déshabiller Jelly. Mais en respirant péniblement, comme un homme dont le cœur est malade, il me demandait toujours : « Charlie, frangin, enlève-moi mes godasses, s'il te plaît. » Après avoir délacé ses brodequins, j'allumais une cigarette et je m'asseyais sur la cantine, près de son lit de camp. C'était surtout moi qui parlais. De temps en temps, Jelly gloussait, ou bien, d'une voix profonde, il disait : « Ouais, mec ! » Nous écoutions la relève des sentinelles, les jurons qui venaient du parc à voitures et les chants des paysans coréens qui descendaient la colline. Les *gooks*, comme nous les appelions, essayaient de gagner les marchés de Séoul avant que la chaleur du soleil et le trafic des camions qui montaient les G.I.'s vers le front ne rendent impraticables les routes poussiéreuses. Ils trottinaient nu-pieds comme s'ils s'étaient déplacés à travers une vallée de sable. Le clair de lune rendait encore plus blancs leurs vêtements de coton. On avait l'impression de voir passer une caravane de fantômes.

Finalement, nous nous assoupissions, Jelly et moi. Deux heures plus tard, il se réveillait. Il jurait de cette voix haute et vibrante qui ressemblait à celle d'une femme. Il jetait des regards perçants et furieux tout autour de la tente. Il arrachait du lit la moustiquaire avec son cadre. Et il geignait comme toujours : « Je ne me sens pas bien ce matin. Je crois que je vais me faire porter malade. » Après quoi, de la voix profonde avec laquelle il disait « Ouais, mec ! », il donnait l'ordre à son boy, un Coréen silencieux à figure de lune, d'aller lui chercher sa drogue à Séoul.

Mes souvenirs dans l'armée américaine ? Avant tout, il y a l'enthousiasme avec lequel je fis mes classes. J'aimais sincèrement les longues marches par les matins froids et pluvieux, les marches interminables que nous faisions avec tout l'équipement de campagne. J'aimais les exercices d'infiltration. J'aimais le bivouac. Certains des types ne se pliaient à l'entraînement que parce qu'ils avaient peur de leurs supérieurs, et d'autres s'entraînaient de leur mieux parce qu'ils avaient l'impression que c'était leur devoir. Mais la grande majorité des recrues se planquait constamment pendant ces six premières semaines de formation. La plupart d'entre nous étaient très jeunes – entre 18 et 22 ans – et quittaient leur famille pour la première fois. Et puis il y avait les jours et les nuits où « des choses » arrivaient, où l'armée se surpassait, où étaient dépassées toutes les histoires de brutalité que nous avions jamais entendu raconter.

Entre bleus, nous parlions très peu des combats qui se déroulaient en Corée. Une fois l'entraînement terminé, j'attendis avec impatience mon ordre de départ pour ce front d'outre-mer. Il n'arrivait jamais. Le sergent de la popote nous prit en affection, mon copain et moi, et nous fûmes désignés comme cuisiniers, bien que de ma vie je n'aie jamais fait cuire un œuf sur le plat. Puis, un week-end, je me collai une cuite et ne rentrai pas pour l'appel. À mon retour, on me muta dans une autre compagnie remplie de bleus en début d'entraînement et commandée par des officiers dont la plupart étaient des Blancs du Sud.

Comme toujours, l'annonce de ma couleur m'avait précédé à cause des listes d'effectifs. Je me pointai dans les nouveaux baraquements et j'étais en train de défaire mon paquetage quand le chef de section entra. Nous avons échangé quelques phrases sèches. Les bleus s'étaient groupés autour de nous comme autour d'un ring. On aurait dit un groupe de spectateurs excités pendant le dernier round d'un combat.

Finalement, le chef de section me dit :

— Alors comme ça, vous le nègre, vous vous croyez malin, vous vous prenez pour un mariolle, pas vrai ?

Je le fixai et lui dis :

— Non. Je ne crois pas que je sois spécialement mariolle. Mais je suis sûr d'être intelligent.

Le type n'avait plus rien d'autre à faire qu'à s'en aller. Mais, après ça, on essaya de me coincer de tous les côtés et de centaines de manières. La prière de toutes mes nuits était qu'on m'envoie en Corée. Comme le bruit avait couru que si vous manquiez à l'appel, on vous expédiait au front sans attendre les affectations, je fis le mur trois fois pendant que j'étais cantonné avec cette compagnie. La dernière fois que je fus ramassé hors du camp, une sentinelle me conduisit en prison en m'enfonçant dans le dos une carabine chargée. Plus tard, quand j'eus passé en conseil de guerre, j'entendis répéter que les officiers de ma compagnie avaient célébré ma condamnation: ils avaient réussi à me coller au trou pour six mois.

J'étais depuis deux jours en taule quand l'aumônier m'obtint la permission d'aller à la bibliothèque. Mon conseil de guerre avait été très rapide. J'étais persuadé qu'ils avaient forcé la dose. Je me documentai donc sur la procédure et je découvris que, soixante-douze heures après avoir été condamné, un soldat avait le droit de demander la révision de son procès.

Le colonel qui était chargé des révisions était un homme compréhensif. Comme j'avais été bien noté jusque-là, il décida de suspendre cette fameuse condamnation à six mois. Comment est-ce qu'un jeune homme gentil et intelligent comme moi avait pu se mettre dans une situation pareille?

Moi, je voulais juste savoir quand j'irais en Corée. J'avais bien le temps, dit le colonel.

Ce soir-là, quand j'entrai au réfectoire, mon apparition fut accueillie par un grand silence. J'avais vaincu la compagnie. De ce jour, je n'eus plus d'ennuis. Je passai une année à Fort Leonard Wood, qui n'était qu'à cent quatre-vingt-dix kilomètres de chez moi.

Enfin, tout de même, il y a eu le bateau pour la Corée. Il fit escale à San Francisco par une belle matinée de samedi. Mais nous n'avons pas eu la permission de descendre à terre. Nous avons dû nous consoler en regardant le panorama de la ville.

Bientôt le bateau reprit la mer et les lumières du port rétrécirent jusqu'à n'être plus que de petites étoiles collées à la terre. Nous nous sommes installés dans nos couchettes. Les dés et les jeux de cartes ont fait leur apparition. Mais peu à peu, les parties se sont terminées, et avec elles les grands palabres entre hommes. Ne sont restés debout que les enragés dans mon genre qui étaient décidés à boire. Après minuit, je suis allé me coucher. Et, en trébuchant le long des couchettes superposées, je fus épouvanté d'entendre les sanglots étouffés, les larmes de centaines de jeunes garçons. Ces pleurs sans honte engloutissaient tout le bateau.

Après une très longue traversée de vingt-deux jours, nous avons jeté l'ancre dans le port de Sasebo, au Japon. Nous sommes allés à terre, on nous a fait des cours sur la vie du soldat en Extrême-Orient et c'est là que j'ai distribué aux Japonais mes vêtements civils, mon savon, mes sucreries, mes livres et mon argent. Plus tard, l'innocent enfant du Missouri devait apprendre que les pauvres Japonais allaient accueillir chaque bateau. C'était une des activités les plus rémunératrices de leur existence.

Puis sont venues les collines abruptes et poussiéreuses de Corée que nous escaladions dans un camion de deux tonnes. Puis le moment où nous avons entendu de très loin pour la première fois l'explosion d'une bombe. Les G.I.'s ont sauté hors du camion et sont tombés les uns par-dessus les autres dans leur hâte pour gagner les tranchées les plus proches. Seul Gros-Père a hurlé :

— Où sont-ils, ces foutus *gooks* ?

Ce jour-là, tout le monde lui a lancé des regards hostiles. Mais bientôt la compagnie tout entière adopta l'esprit bravache de Gros-Père. Nous faisions partie d'un groupe du génie. Nous avons bien participé à quelques escarmouches, mais en fait, quand nous sommes arrivés en Corée, les véritables combats se terminaient. En juillet, ce fut l'armistice.

La guerre et la pacification de la Corée terminées, la vie militaire redevenait routine et mesquineries. Je m'embêtais, et j'embêtais les autres. On m'expédia à l'école de tir. Quand j'eus acquis mes certificats de tireur, on me muta à une autre compagnie du génie. Et là je m'intimai l'ordre de m'adapter.

Dans ma famille, il y avait eu beaucoup de charpentiers et je m'intéressai à ce travail à vous briser les reins qui consistait à reconstruire la Corée. Je vis les promotions et les traitements de faveur aller aux tire-au-flanc et ce spectacle m'apprit beaucoup de choses utiles. Notre caporal allait être muté au Japon. Son lit était voisin du mien et, grâce à lui, j'héritai son poste. Avec ce nouveau boulot, je n'avais que deux jours de travail par mois. De plus, il y avait des avantages, dont une promotion que je perdis rapidement à cause de mon chef de section. Ce dernier était un Blanc du Sud. Il avait passé dix ans dans une prison fédérale et il ne savait ni lire ni écrire. Il détestait tous les gradés de sa section et, naturellement, il détestait les Noirs.

Heureusement, j'avais de quoi m'occuper l'esprit et oublier les intrigues de la compagnie. Les Coréens que je rencontrais étaient merveilleux. J'aimerais penser que mon argent et le pays que mon uniforme représentait n'avaient rien à voir avec le sentiment qu'ils éprouvaient à mon égard. L'élite de l'armée coréenne, ceux que nous appelions les *roks* (les soldats que nous appelions les *katusas* n'étaient que des paysans) étaient mieux équipés que la plupart des G.I.'s. (Je n'ai pas oublié le mal que j'ai eu à ne pas entendre les questions de mon boy qui voulait savoir pourquoi je ne recevais pas de nouveaux godillots. Il avait emporté les miens chez le cordonnier du village pour essayer de les faire réparer, alors que de fait ils étaient bons à mettre à la poubelle.) Le dimanche après-midi où les *roks* apprirent officiellement qu'ils ne faisaient plus partie des unités américaines, ils se saoulèrent tous à mort, ils déchirèrent leurs tentes et leur équipement et ils tirèrent comme des dingues dans toutes les directions.

Les enfants coréens avaient l'habitude de faire la queue le long des barrières du camp pour nous regarder de leurs yeux affamés jeter dans les poubelles toute notre riche nourriture. Je me rappelle avoir été invité dans un foyer coréen. Et, après la cérémonie du thé, chaque membre de la famille vint à moi timidement et passa ses mains à travers mes cheveux.

En septembre 1953, la Corée vacillait sur ses jambes d'après-guerre dans un monde aussi incertain à l'Est qu'à l'Ouest. La menace d'une reprise des combats planait au-dessus de nous tous ; à chaque bruit retentissant, nos yeux fouillaient le ciel.

Je retournai chez moi – dans le Missouri, auprès de ma grand-mère, de mes amis – en même temps que des milliers de G.I.'s auxquels la Corée n'avait rien appris. C'était comme s'ils n'avaient jamais quitté leur pays.

Avant que je n'entre dans l'armée, mon idée de la vie militaire, de la guerre en Corée, était celle d'un gosse qui a envie de jouer au soldat. J'avais attendu avec impatience, avec joie, mon incorporation dans l'armée américaine, mon départ pour la Corée ; ce devait être une nouvelle aventure, une nouvelle expérience. Et quand, peu de temps avant mon dix-neuvième anniversaire, je reçus ma feuille de mobilisation, ce fut comme un Noël. J'étais pressé de me battre, et peut-être même de mourir.

La nuit qui précéda mon départ, grand-mère et moi nous étions assis sous la véranda couverte de vigne. C'était une douce nuit d'été et on pouvait sentir l'odeur des chèvrefeuilles qui poussaient de chaque côté du perron.

— Mon petiot, est-ce que tu dis toujours tes prières ? demanda grand-mère.

— Oui, ma'am, répondis-je rapidement et j'allumai une cigarette.

— Tu ne dirais pas un mensonge à ta vieille grand-mère, n'est-ce pas ?

— Non, ma'am.

— Bien. Je te crois sur parole. Maintenant tu peux aller voir tes amis. Va. Nous ne sommes pas obligés de rester assis là comme si quelqu'un était mort. Mais d'abord, avant que tu partes, tu vas prier avec moi, mon petiot.

Grand-mère et moi nous nous sommes alors agenouillés. Nous avons posé nos coudes sur la balancelle et nous avons incliné la tête.

Grand-mère pria la première et sa voix paisible résonnait comme un hymne :

— Cher Père qui êtes aux Cieux, une fois de plus vous avez épargné une de vos humbles servantes pour qu'elle plie ses genoux devant vous. Père, je vous rends grâce de m'avoir portée à travers cette journée bénie et de m'avoir donné la force de la vivre minute par minute, heure par heure, cette journée bénie d'été.

La voix de grand-mère monta un peu. Je la regardais du coin de l'œil : elle frottait ses mains l'une contre l'autre, elle fixait le dossier de la balancelle. Même dans le noir, je voyais briller ses yeux et je devinais qu'ils étaient pleins de larmes.

— Oh, Père, je vous demande d'avoir pitié de mon petit-fils. Permettez qu'il voie la lumière, qu'il revienne à vous avant qu'il ne soit trop tard. Oh, Père, cher Jésus bien-aimé, je vous demande de jeter vos bras puissants autour de lui alors qu'il part pour la guerre. Servez-lui de guide... ce n'est qu'un enfant. Servez-lui de guide et ramenez-le sain et sauf à la maison près de moi. Aidez-le ainsi que tous les autres jeunes hommes et jeunes femmes dans ce monde méchant.

Mes mains jointes étaient humides de transpiration ; et tandis que j'écoutais l'incantation de grand-mère, j'enfonçais mes ongles dans mes paumes.

— Père, Père, il reste si peu de temps. Les enfants naissent dans ce monde de péché et avant que vous ayez le temps de vous en apercevoir, ils ont grandi. Ils s'éloignent de leur maison et de leur église. Ils trébuchent sur les sentiers de la vie. Bienheureux Jésus, laissez briller votre lumière pour que mon garçon puisse la voir, pour qu'il vienne à vous avant qu'il ne soit trop tard, pour qu'il ait la vie éternelle. Je le demande en votre nom par Jésus-Christ Notre Seigneur. Amen.

Grand-mère fit une courte pause et dit :

— C'est à ton tour, mon petiot.

Je détournai la tête et je fixai la nuit noire. Il n'y avait rien, là dehors. L'obscurité. Les lucioles. Les lumières de la rue que l'on voyait briller à travers les arbres contre l'ombre confuse des maisons.

— C'est à ton tour, mon petiot, répéta grand-mère.

Puis elle se tourna vers moi :

— Mon enfant, est-ce que tu as oublié comment prier ?

Je ne dis rien. Je regardai grand-mère et je bénis la nuit qui m'empêchait de rencontrer ses yeux pleins de larmes.

— Mon petiot, dit grand-mère, il faut prier.

J'inclinai de nouveau la tête et j'ouvris la bouche. Les mots ne voulaient pas venir. Je levai les yeux. J'avais l'impression que le toit de la véranda s'interposait entre Dieu et moi.

— Bon, dit grand-mère en se redressant enfin, ce n'est pas la peine que tu restes à genoux. Je prierai pour toi. Essaie de prier toi-même et puis tout ira bien. Si tu as la foi, tout ira bien.

J'obéis et j'embrassai grand-mère sur le front.

— Bonne nuit, grand-mère, dis-je.

— Bonne nuit, mon petiot. Ne reste pas dehors trop tard. Il faudra que tu partes de bonne heure...

Alors que je sortais de la véranda, je l'entendis pleurer pour la première fois de ma vie.

J'étais content pour grand-mère de revenir sain et sauf de Corée. Elle n'avait que moi au monde et je savais ce que me perdre signifierait pour elle.

En fin de compte, la Corée ne m'apporta pas mon salut personnel comme homme, ni comme soldat un théâtre d'exploits, de gloire et d'aventures. Ce n'était qu'une leçon. Elle était brutale. Elle m'apprit, simplement, mais à fond, que la plupart des hommes et des femmes souffrent au-delà de leurs forces.

LA VUE EST BELLE depuis la fenêtre de mon cinquième étage. Ce soir, la température reste d'une douceur parfaite, 26 degrés. Pas une étoile dans le ciel noir. Mais là, devant moi, les lumières de la ville s'étagent en amphithéâtre. Très haut, celles de l'Empire State Building et les balises aériennes qui balayent les ténèbres. Plus bas, les néons, de toutes les couleurs de l'arc-en-ciel. Puis les enseignes, toutes les enseignes : Pizzeria, agence de location de voitures Hertz, Tip Top Parking, et là, juste en face, l'enseigne de l'Elmwood Hotel, froid paraphe d'un blanc-bleu.

Ma radio à modulation de fréquence diffuse un cool jazz correct. Mugissant plus haut que le jazz, s'élèvent les cris jaillis des bars à jukebox et le vrombissement sourd, torturant, ponctué de chocs, qui monte de la benne à ordures.

Trois marins passent, démarche chaloupée, fesses joyeuses moulées dans les uniformes blancs qui leur collent à la peau. Une putain aux cheveux gris, grand format, arpente le trottoir avec la démarche orgueilleuse d'un cheval de l'école viennoise. La putain amazone balance une bourrade amicale dans le dos d'un des marins. Ils descendent la rue et je les perds de vue.

Voici qu'apparaît la petite miss Bibendum. Joues rebondies, tartinées de rouge. Elle va prendre son service de nuit. Tous les matins, je la vois revenir par le métro, son tronc de quêteuse dissimulé dans un sac en papier marron ou sous les replis de son vaste imperméable. Elle quête pour toutes les œuvres charitables connues et inconnues. C'est une de ces vieilles femmes maternelles, à la voix douce, qui savent fort bien tirer profit de la confiance qu'elles inspirent et je sais qu'elle fait partie depuis sept ans de la même confrérie d'arnaqueuses. Leur clan est très fermé. Pas tout le monde peut y adhérer. Leur organisation, rigoureuse, est gérée selon des principes aussi sévères que ceux du noblissime Club des filles de la révolution américaine. Les réunions de ces étranges dames patronnesses se déroulent une fois la semaine dans l'arrière-salle d'un bouge du quartier. Là, elles boivent du thé et mangent des petits pains, entre trois et quatre.

L. C., le surveillant du Tip Top, vient de se payer un Pepsi-Cola au distributeur qui est dans le garage et il regarde fixement un petit garçon de sept ans. Le gamin passe en tenant la main de ses parents et en lorgnant cette merveille, le Rockefeller Center.

Entre la pizzeria et le parking, il y a un porche ouvert. Il est profond, sombre, presque de la taille de ma petite chambre. Des hommes entrent dans ce caveau noir et sinistre pour pisser ou boire de longues gorgées au goulot de leur gourde. Les enseignes de néon rutilantes et les lumières de la rue ne projettent dans cette ombre qu'un halo grisâtre ; c'est une sorte d'île noyée dans le brouillard du soir. Si vous n'êtes pas trop difficile et si ça vous est égal de rester debout, c'est un coin idéal pour faire l'amour. Des tas de gens l'ont repéré.

Les passants, eux, sont bouclés dans l'univers de leurs propres rêves, leurs yeux sont braqués ailleurs. L'île est un endroit sûr et secret.

Par exemple : une femme de ménage noire qui revient de son travail nocturne passe devant le porche. Elle est lourdement chargée. Deux grands paquets enveloppés tant bien que mal de papier de soie blanc pèsent au bout de ses bras, roses blanches géantes. La femme noire marche en canard. Elle a l'air fatigué et ne regarde ni à droite ni à gauche. La certitude que du travail l'attend encore à la maison colle à sa peau comme une sueur. D'autres chemises à repasser ? Le gosse qui court les rues ? Demain, c'est samedi, mais elle ne pourra pas se payer le luxe de faire la grasse matinée.

Au moment où la femme de ménage passe devant le porche, l'homme qui est à l'intérieur s'écarte de la femme avec laquelle il se trouve. Il étend ses longs bras et caresse les seins de la femme. Il sourit. Il parle. Il est très sûr de lui. La femme est petite. Je ne peux pas voir son visage.

Quatre jeunes gens déambulent. Ce sont des touristes. Ils portent des chemisettes d'été de couleur vive et des blue-jeans dont le bas est largement retroussé. L'un d'eux lève le bras et désigne les gratte-ciel.

Maintenant l'homme qui est sous le porche écrase son corps contre celui de la femme en lui plaquant les deux mains sur les fesses. Il la serre comme dans un étau. Elle ne bouge pas. L'homme penche la tête et lui plante un baiser sur le front.

Tiens ! La femme s'anime. Sa jupe est retroussée autour de ses hanches. Je peux voir où s'arrêtent ses bas. L'homme l'a pénétrée, sans avoir baissé son pantalon. La femme jette ses bras autour de l'homme, mais ses mouvements sont lents, comme si toutes les hormones de son corps étaient gelées.

Et puis l'homme et la femme s'arrêtent dans une saccade, et c'est fini. Il se dégage d'elle très vite, fouille dans sa poche et en tire un mouchoir. Il allume une cigarette et, en vrai gentleman, en offre une à la femme. Elle refuse. Il détourne les yeux pendant qu'elle remet ses vêtements en ordre.

L'homme et la femme sortent du porche sombre, émergent dans la lumière. Il lui prend le bras et lui pose de nouveau un baiser sur le front. C'est un grand type aux cheveux gris, frisés, au visage rougeaud. Son complet gris olivâtre est bien coupé. La femme est très jeune, coiffée de petites mèches courtes. Son visage agréable n'est pas maquillé. Elle chancelle un peu. Elle a l'air d'un mannequin miniature et elle porte des gants blancs.

Je contemple la face noire du ciel et ses merveilles. Une âpre brise d'automne erre parmi les pierres de ce Royaume Infernal, de cette île sur l'Hudson. Quelles vieilles catins fatiguées, ces enseignes au néon ! Même quand je ferme les volets, je peux les voir clignoter, me faire de l'œil comme de jolies garces qui s'amusent à vous asticoter...

J'entends à nouveau hurler la musique dégénérée qui jaillit des bars. Dans un pays connu pour la profusion de ses richesses, on n'a même pas réussi à créer une musique hybride, comme on l'a fait avec le maïs. Pourquoi ne puis-je pas vivre à Forest Hills ou à Fairfield County, où j'imagine que tout doit être paisible et organisé ! Je ne sais pas, vraiment pas. Là-bas, je serais bercé dans mon sommeil par le murmure des feuilles, par le crépitement de l'arroseur automatique sur les vertes pelouses. Pourquoi suis-je ici, pourquoi New York ?

Après les deux ans passés dans l'armée, j'allai à St-Louis. Je voulais essayer d'écrire et j'établissais mes quartiers dans cette ville au bord du Mississipi. C'était au printemps de 1956 et pendant une saison je fus le chéri d'un groupe mixte de représentants de l'art et de la littérature. J'évoluais au milieu d'eux, émerveillé, hors du monde. Au bout d'un certain temps, ils se fatiguèrent de moi, et moi d'eux.

Il n'y avait rien d'autre à faire que prendre le chemin de New York. J'y arrivai au mois d'août 1957. Ce n'était qu'une visite, m'étais-je dit. Mais quelque chose me retint, m'empêcha de repartir. Le rythme, l'éclectisme, l'anonymat, le sentiment de marcher sur des œufs de verre brillants, de marcher dans une ville semblable à une prostituée qui travaille à plein temps, les jambes grandes ouvertes. Une ville qui vous jette un défi, qui vous émerveille. Une ville bien faite pour un gosse de la campagne aux yeux écarquillés. Mais y suis-je vraiment chez moi ?

CE SOIR, j'ai pris la ligne A et suis descendu à Harlem. Nous voilà au Kenya et contre le Rideau de Fer, pensais-je. Quand je suis sorti du métro à la 125e Rue, rien ne semblait étrange ou hostile dans la rue, en ce samedi soir. Mais, au bout d'un certain temps, j'ai perçu la violence qui flottait dans l'air, comme si une vaste symphonie de sombres émotions n'attendait que la baguette du chef d'orchestre pour exploser. La grande masse des Noirs est sous pression. Si vous ne croyez pas à ce climat de violence latente, observez l'inquiétude des quelques Blancs qui vivent dans les quartiers de Washington Heights, d'Upper Broadway ou du Bronx.

En descendant la 125e Rue, je croise des jeunes gars à l'élégance tapageuse, vêtus de complets au-dessus de leurs moyens, négligemment appuyés contre des bagnoles clinquantes qui ne leur appartiennent pas ou marchant d'un pas étudié vers un enfer flamboyant. La 125e Rue, avec sa jungle d'immeubles, trouve le moyen de combiner tout à la fois la 42e Rue, Broadway, Times Square et la Cinquième Avenue. On y trouve une assemblée de fidèles en prière, frappant dans leurs mains au son du tambourin en criant :

« Oui, Seigneur ! » Les grands magasins Blumstein, le Macy de Harlem. Le théâtre de l'Apollo, seul endroit de New York où l'on puisse encore voir jouer le vaudeville. Des bars chics qui s'efforcent de sélectionner une clientèle de Noirs dans le coup et de Blancs qui désirent passer une folle nuit à Harlem.

J'ai obliqué dans une rue transversale. Des enfants jouant à cache-cache, des familles réunies sur les perrons ou penchées aux fenêtres tout illuminées. Ici, la menace de violence était suspendue. C'était samedi soir et, dans la rue, on goûtait une paix heureuse. Adieu, le monde cafardeux du lundi matin et de Monsieur le Patron. Adieu, les leaders noirs forts en gueule qui, tout en fumant le cigare, essaient de mener la grande masse noire à la gloire, à la confluence de tout ce qui fait l'Amérique.

Une femme parlait en riant à ses amis qui se penchaient d'une fenêtre du second étage. Elle expliquait :

— Ma choute, cette salope m'a roussi la tête avec ses fers chauds ! Tu te rends compte ! Et il va falloir que ces boucles me durent deux semaines !

Cette femme ne s'intéressait pas au sort du monde. Comme ses voisins, elle avait trop de choses à quoi penser : le taudis pouilleux, l'emploi pour lequel on travaille trop dur et pour un salaire de misère. Et maintenant une garce qui se sert de fers à décrêper trop chauds et qui essaie de vous brûler le cuir chevelu. Cette femme écouterait un leader noir, simplement parce qu'il est noir. Cependant, même à lui elle ne ferait pas confiance. Elle saurait très bien qu'en fait il n'est que le porte-parole de l'homme blanc et qu'il ne peut rien faire au sujet de la garce avec son fer à décrêper trop chaud.

Non loin de là, il y avait une église dont la vitrine-devanture ressemblait à un vitrail. Une inscription grossièrement imprimée annonçait : ÉGLISE DE LA SAINTETÉ DE LA FIN DU JOUR, et, en petites lettres : *Le Très Révérend Stokes D. Masfield, pasteur. Cette maison de prière est ouverte vingt-quatre heures sur vingt-quatre, comme les yeux de Dieu.*

Un œil blanc et noir, énorme, blasonnait la porte. J'entrai et trouvai la congrégation en train de prier en silence. Le pasteur me jeta un coup d'œil, fit un signe de la tête et je m'assis sur un pliant près de la porte. L'église contenait une vingtaine d'adultes, plus de femmes que d'hommes, et une douzaine d'enfants qui ne tenaient pas en place. Ça sentait bon et pourtant il n'y avait pas de fleurs, seulement quelques feuillages verts et luisants qui venaient d'un bazar bon marché.

— Mes sœurs ! Mes frères ! Nous avons prié en silence...

— Oui, c'est vrai ! Nous avons prié ! crièrent les fidèles.

— Prié le SEIGNEUR en silence...

— En silence ! Loué soit le Seigneur !

— Loué soit le Seigneur ! Il nous entend quand nous ne nous entendons pas nous-mêmes.

— Oui ! s'écria le chœur. Il m'entend. Oh, oui, oh, oui, Il m'entend.

— Et maintenant, faisons un bruit joyeux pour louer le Seigneur. Pour louer le Très-Haut dans les cieux...

Une grande jeune femme noire se dressa, la tête levée vers le ciel et les mains étroitement jointes. Avec l'expression la plus sereine que j'ai vue depuis longtemps sur un visage, elle ouvrit la bouche et se mit à chanter : « *Just a Closer Walk With Thee* ». Elle possédait un contralto pur et puissant. Ses mots coulaient aussi facilement que ceux d'une mère parlant à son enfant malade. La femme chanta le couplet, puis le reste des fidèles reprit le chœur et un gros homme ruisselant de sueur démontra que les orgues ne sont pas faites seulement pour les cathédrales.

Je me surpris en train de chanter d'une voix timide. Quelque chose s'éveillait en moi. Peut-être était-ce le souvenir des réunions de prière du mercredi avec grand-père et grand-mère. Peut-être n'était-ce qu'une sentimentalité banale. Je ne sais pas. Je sais seulement que quelque chose s'éveilla en moi, me toucha, et que pendant quelques minutes, assis dans cette église aux murs blanchis à la chaux, j'eus le sentiment que tout n'était pas perdu. Quelque part il existait encore quelque chose comme la paix du cœur et la bonté.

Je ne restai pas longtemps. Je ne pouvais pas. Trop de choses allaient me torturer l'esprit. Je montai le long de l'allée, serrai la main du pasteur et lui donnai un dollar. Il sourit et dit : « Dieu te bénisse, mon fils. » Puis je m'en allai.

Il était maintenant presque minuit. La 125ᵉ Rue vivait à plein. C'était le samedi soir, le moment où les Noirs se laissent aller, se détendent, se saoulent, se battent, râlent au sujet de Monsieur l'Homme Blanc et du prix du porc, et du prix des œufs, et des ennuis de leurs cousins, là-bas dans le Sud, tout en sachant très bien que le lundi matin arrivera et que tout recommencera comme toujours.

J'entrai dans un bar, je bus deux verres qu'on donnait pour le prix d'un, puis j'en repris deux et je me dirigeai vers le métro. L'alcool était épouvantable et remuait mon estomac. Comme je descendais l'escalier du métro, un juif qui portait un costume d'avant le ghetto de Varsovie me croisa, essuyant sa figure rougeaude et ridée. Il me jeta un coup d'œil et sourit :

— Fait chaud ce soir, hein, mon vieux !

— Oui, Seigneur, dis-je.

Et, subitement, sans pouvoir m'en empêcher, j'ai vomi tout au long des escaliers.

JE ME SUIS LAISSÉ DÉRIVER pendant des nuits et des jours qui furent délirants, torrides. J'étais saoul la plupart du temps et toujours déprimé. Le mois d'août se désagrège lentement ; le temps est un avare qui travaille au compte-gouttes. L'été. La fin de l'été. L'été finira-t-il jamais ? Je regarde la photo de moi qui est au-dessus de la cheminée, le bébé dans son costume de tricot blanc, debout sur le fauteuil d'osier. Les grands yeux doux ne clignent pas et refusent toujours de se livrer. L'enfant devait grandir, devenir timide, secret, et plus tard se tenir à distance de la vie.

J'entends encore la complainte de grand-père : « Ce monde n'est pas mon foyer. » Je me dis : tu es la dernière branche de l'arbre. Comme dans un roman de Faulkner, seulement la famille est noire. Pour moi, au bout de la route, il n'y a rien à espérer que ma propre mort et je ne la crains pas. Mais ce que je crains, c'est cet air de fatalité du présent. Que m'arrivera-t-il avant que je ne meure ? Que peut-il arriver lorsque tout est déjà arrivé ?

En automne 1958, j'ai vu grand-mère en rêve. Elle allait à bicyclette. Elle s'était arrêtée devant la petite école de briques et son unique salle de classe où je suis allé pendant sept ans. Grand-mère portait une robe de voile noir et un grand chapeau de paille, couleur de blé mûr. C'était un jour très chaud et elle me souriait comme si nous partagions un délicieux secret. Je me suis réveillé baigné de sueur et ce rêve m'a hanté pendant des jours. Les dernières lettres de grand-mère, tracées de sa petite écriture nette, n'avaient pas été très gaies, ce qui ne lui ressemblait pas car, même quand elle était malade ou déprimée, elle affectait un air de bonheur.

Je décidai de rentrer au pays.

Je me rappelle avoir traversé la place du Tribunal au moment où l'horloge sonnait dix heures, rompant le silence de la petite ville. La rue était déserte. Je n'avais pas besoin de regarder vers les collines de novembre, qu'escaladaient cottages et grandes maisons victoriennes, à la rencontre d'une aurore timide, pour savoir qu'il n'y aurait encore ni mouvement ni lumières aux fenêtres. Pourtant, quelque part un coq chantait et dans l'air froid du matin montait une colonne de fumée; quelqu'un s'était levé de bonne heure pour brûler des feuilles.

J'ai traversé la place couverte de gravier où se dresse la statue de bronze du capitaine Zimmermann, le fondateur de la ville, statue que ronge le vert-de-gris. Le kiosque à musique désuet a reçu une nouvelle couche de peinture bleu-vert qui lui donne l'air d'avoir été oublié là par un cirque. (Cela me rappelait les tournées sous chapiteau de Toby Ward, dans mon enfance : un Broadway du Middle West.) Les bancs n'ont pas changé et forment un demi-cercle désert.

Je me suis laissé tomber sur l'un d'eux, humide de gelée blanche, et j'ai contemplé le Missouri, large et boueux. Mes yeux ont suivi les terres d'alluvions, la jungle des arbres bruns, les fermes clairsemées, la ligne bleue des fumées qui montaient des cheminées, les moulins qui tournaient doucement dans le vent qui se lève du fleuve.

C'était chez moi.

Je suis né ici, à trois kilomètres de la ville, dans une petite vallée entourée de talus que dégringolent des cornouillers et dont des mûriers sauvages couronnent les crêtes. Maintenant, ma maison natale a disparu. Et à son emplacement il ne reste que des lys tigrés. Les vaches paissent dans la vallée en forme de coupe. Tout a disparu : l'école en briques rouges et Bette Sue Estill, la petite fille aux yeux noirs rieurs, et grand-père qui allait à la pêche ou à la chasse au lapin lorsque les champs de maïs étaient recouverts de plaques de neige gelée. Disparu le Red Dog Café, le cinéma Le Royal, et l'église méthodiste (baptisée chapelle Hughes, en l'honneur d'un grand-oncle à nous qui était un célèbre prédicateur du Missouri). Les Blancs sont allés loger plus loin encore en dehors de la ville et les Noirs, avec leur église, ont rejoint le centre.

Assis sur la place du Tribunal déserte, je me suis surpris en train de murmurer solennellement, désespérément « Oh, Jésus ». Ma vie m'apparaissait aussi vide que celle d'un matou qui, après avoir traîné dans trop de ruelles, n'y aurait rien amassé de plus que le bagage d'une putain. J'étais en fuite, fatigué, à bout de forces. Et maintenant je voudrais faire demi-tour et fuir ma ville. Je voudrais ne pas affronter grand-mère, éviter le moment où nous allons nous dévisager. Nous nous ressemblons trop – silencieux, lisant dans l'esprit l'un de l'autre, un don terriblement douloureux. Quelque part, de l'autre côté de la voie de chemin de fer, devait se trouver mon père, dormant, ainsi que le dirait grand-mère, comme un gros bœuf stupide. Il y avait aussi les innombrables filles que j'avais aimées dans un autre temps, quand cette ville contenait tout mon univers, excepté mes rêves. J'avais perdu tout ce que je possédais alors, garçon solitaire et timide, à vingt et un ans ancien combattant d'une petite guerre, et depuis j'avais fait le pèlerinage de la bohème sans trouver une branche où me poser.

Je me suis levé lentement de mon banc, j'ai bâillé, je me suis étiré paresseusement et j'ai trouvé un sourire pour le capitaine Zimmermann :

— Salut, Cap' ! Le mort souhaite la bienvenue au mort !

J'ai marché entre les pins tranquilles, chargé de deux valises de cuir qui contenaient tout ce que je possédais et j'ai descendu Main Street. Le soleil était déjà levé et d'un jaune chaud comme du beurre. Et j'ai retrouvé la chanson vigoureuse qui avait bercé mon enfance, celle du fleuve Missouri se précipitant pour rejoindre le Mississippi à Saint-Louis, à 160 kilomètres de là. Ce retour me donnait l'étrange sensation d'être tout creux, mais je marchais d'un bon pas, à longues enjambées, comme un navigateur débarquant sur une terre verte et riante.

Je l'aperçus : Cooper Street Est, au 4, un amas de bardeaux usés par les intempéries. La véranda entourait la maison comme un bizarre fer à cheval. Les plantes desséchées et gelées couvraient cette véranda d'une lourde cape. Les volets du premier étage étaient fermés et mes yeux sont redescendus au rez-de-chaussée. Des rideaux de dentelle jaunie encadraient la grande fenêtre en avancée du living ;

sur le rebord de la fenêtre se trouvait une rangée de pots de fleurs et une lampe dont l'abat-jour rose était en lambeaux.

Rien n'avait changé. J'ai monté lentement les marches de la véranda. Un chat de gouttière a surgi de la balancelle, feulé de colère et disparu. J'ai sursauté, puis j'ai souri. Et j'ai levé une main tremblante pour frapper à la porte.

Aucun bruit à l'intérieur de la maison. J'ai frappé de nouveau et je suis resté là, raide comme un piquet, les mains pendant à mes côtés. Puis j'ai entendu la voix douce de grand-mère :

— Voilà... j'arrive.

La porte s'est ouverte. Elle était là, en face de moi. J'avais l'impression de tomber. Mon cœur dégringolait, aussi lourd qu'une bûche. J'ai mordu ma lèvre inférieure pour retenir mes larmes.

— Mon petiot !

— Grand-mère !

Nous nous sommes embrassés, nous sommes tombés dans les bras l'un de l'autre comme si le sol était en train de céder sous la véranda croulante.

Je tenais grand-mère tendrement dans mes bras. Elle avait 79 ans. Elle avait été une forte femme et je me rendais compte à quel point elle avait changé. Elle était maigre, maintenant; j'avais l'impression de tenir un fagot de bois sec. Sa figure, ronde autrefois, n'était même plus le masque de ce qu'elle avait été. Ses joues s'étaient creusées et il ne restait plus que les os encore orgueilleux sous une mince couche de chair brune et ridée. Ses cheveux, qui lui tombaient autrefois à la taille et dont elle faisait une couronne de tresses, avaient presque disparu. Ceux qui restaient étaient collés contre son crâne comme le bonnet tricoté d'un bébé.

Mais les yeux étaient les mêmes, chauds, bruns, rieurs. Ils se levaient vers moi, me scrutaient, m'interrogeaient.

— Grand-mère, grand-mère, ai-je murmuré tendrement en la berçant dans mes bras.

J'espérais qu'elle n'avait rien surpris sur mon visage souriant. Mais en même temps, je savais que je ne pouvais rien lui cacher.

— Étonnée ? ai-je demandé.

— Que Dieu te bé... Oh ! je ne peux pas retrouver mon souffle.

Grand-mère me regardait avec amour. Il y avait des larmes dans ses yeux. Sa voix était heureuse, chantante, une voix de jeune fille.

— Et tu ne m'as même pas écrit pour me faire savoir que tu venais. Tu devrais avoir honte.

Nous n'étions pas seulement unis par le sang, nous étions amis. Rien de ce qui nous était arrivé, aucune des pensées qui nous passaient par l'esprit, en ce petit matin de novembre, ne pouvaient nuire à l'amour que nous éprouvions l'un pour l'autre.

— Rentrons, a dit grand-mère.

J'ai ramassé mes valises et j'ai suivi grand-mère à l'intérieur en refermant la porte d'un coup de talon.

Le living n'était plus la pièce fraîche et fleurie des somnolents après-midi d'été, ni la pièce chaude et crépitante de l'hiver. Je ne pouvais pas croire que j'avais joué là quand j'étais enfant. On se sentait écrasé par les énormes roses rouges du sinistre papier de tapisserie. Des bouts de plâtre se faisaient jour un peu partout et la peinture du plafond « frisait », se détachait en écailles. Une chape de poussière encadrait le portrait de grand-père qui pendait au-dessus de la cheminée fermée. On avait poussé le divan de crin avec ses coussins de soie brillante contre le mur, à côté d'un poêle à pétrole poussiéreux. Devant la cheminée étaient disposées deux tables en bois de rose toutes griffées et quatre fauteuils vert olive mangés par les mites. Le fauteuil à bascule toujours aussi bien portant et la vieille table au plateau de marbre encadraient la fenêtre. Un tapis effrangé couvrait le sol.

Face à la fenêtre se trouvait le lit de grand-mère, son lit hollandais fabriqué en Pennsylvanie. On l'avait badigeonné d'une horrible couche de peinture bleue bon marché. Sur tout ce décor flottait une odeur un peu écœurante de moisi, de fleurs et de médicaments.

Du coin de l'œil, j'ai vu grand-mère s'asseoir sur le bord du lit. Elle a soupiré. Elle avait l'air d'une misérable petite poupée. Ses mains maigres et exsangues erraient sur la table de nuit.

— Je n'ai pas été bien, a-t-elle dit, et le docteur m'a ordonné toutes sortes de pilules.

— Moi, je te trouve toujours formidable.

J'avais dit ça très vite. J'ai enlevé mon veston et délacé mes chaussures.

Les yeux de grand-mère ne quittaient pas mon visage :

— Tu le penses vraiment ?

— La même chère vieille petite chose, ai-je plaisanté.

Elle a ri de bon cœur. Mais elle s'est étouffée tout de suite, la respiration coupée. Dire que quatre ans auparavant, juste après ma démobilisation de Corée, elle avait joué à la balle au chasseur avec mon plus jeune cousin et moi.

— La vieille jument n'est plus ce qu'elle était, a-t-elle dit en souriant.

J'ai pris bien soin de détourner mon regard et je me suis assis sur le divan de crin. J'avais envie de dormir, de fermer les yeux, mais j'avais peur de ce que je verrais au réveil.

— Tu as l'air fatigué, mon petiot. Comment es-tu venu ? En car ?

— Tu sais que je suis un enragé des cars. Des cars et des locomotives.

— Mon petiot à moi ! s'est extasiée grand-mère. Oh, j'ai oublié de te demander si tu as faim. Tu trouveras quelque chose à la cuisine.

— Je crois que je vais me faire une tasse de thé, ai-je dit en me levant.

— Et moi je vais dormir un peu. Je suis obligée de me ménager, tu sais.

— Tu es encore une belle fille de seize ans avec une douzaine d'amoureux.

— Viens donner un baiser à grand-mère.

Je suis allé vers elle et je l'ai embrassée doucement sur la joue. Ses mains tremblantes ont cherché mon visage, ses doigts s'y sont promenés lentement. Ses yeux perspicaces ont rencontré les miens.

— J'ai attendu ce jour, j'ai prié pour qu'il arrive... Tu es toujours le même vieux fiston ?

— Toujours le même, suis-je parvenu à murmurer.

— Et je remercie Dieu, le cher doux Jésus béni.

Les premiers rayons du soleil ont balayé la pièce de leur lumière cruelle. J'ai fermé la porte sans bruit, laissant derrière moi grand-mère, déjà étendue sur son lit et priant pour moi.

La langueur de l'automne disparut peu à peu et les nuits devinrent froides. La vie de la petite ville se ralentit. Il ne pleuvait presque pas et les vieux disaient que c'était le signe certain d'un hiver long et froid. J'aimais ces nouvelles journées. Je dormais bien et j'étais debout à l'aube, coupant des bûches pour le vieux poêle auquel grand-mère avait refusé de renoncer. Je préparais le petit déjeuner de grand-mère, puis j'allais acheter le journal du matin. J'effectuais quelques corvées dans la maison, et quelques-unes aussi pour les voisins, ce qui les faisait bourdonner autour de moi comme si j'avais été un saint.

Je lus beaucoup cet hiver-là, j'allais trois fois par semaine à la bibliothèque. J'essayais d'éviter les gosses avec lesquels j'avais grandi. Ils travaillaient tous de huit heures du matin à cinq heures du soir et se préparaient l'avenir classique réservé aux Noirs dans une petite ville. Grâce à ce paisible univers, pour la première fois depuis des années, je me détendis. Je buvais très peu et je n'avais aucun besoin sexuel. Finie l'atmosphère de New York, finies les complications freudiennes préfabriquées. Ici, dans cette petite ville, les gens avaient des problèmes, comme on en a partout, mais ils leur faisaient face, et s'y résignaient comme au changement des saisons.

Je me souviens du 1er décembre 1958 dans cette ville du Missouri posée au bord du fleuve. La neige tombait mollement à travers les arbres nus, sur les antiques bâtiments officiels et les vieilles maisons. La paix. Aucun bruit ne venait de la rue, sinon les voix et les rires des enfants à la sortie de l'école, à trois heures de l'après-midi ou encore, de temps en temps, le gémissement grinçant d'une voiture qui calait. Grand-mère avait pris le lit et le vieux docteur

Bess entrait quelquefois sur la pointe des pieds, portant sa trousse noire. Il plaisantait avec grand-mère et lui donnait des pilules blanches, roses, orange et jaunes. Après quoi, il bavardait avec moi. Il était allé à l'Université de Colombia en 1905 et nous discutions des changements que New York avait subis depuis. Ruby venait presque tous les jours ; elle s'était remariée mais elle était toujours la même Ruby, froide et ferme. Je ne voyais jamais mon père, et pourtant il habitait à trois rues de là.

La neige continua de tomber jusqu'au milieu de décembre. Grand-mère ne pouvait plus quitter le lit et il lui était venu des escarres. Comme la plupart des vieilles gens, elle était passée dans ce qu'on appelle la seconde enfance, elle avait des trous de mémoire. Quant à moi, j'étais troublé, j'avais l'impression de vivre au bord d'un précipice. La peur s'était installée en moi. Avec grand-mère, nous nous disputions quelquefois, et puis nos yeux se rencontraient.

Je n'ai pas oublié ce clair après-midi d'hiver, ciel bleu, soleil blanc. La neige fondait et l'eau dégoulinait des gouttières de la maison. Des glaçons tombaient sans bruit des arbres nus et quelques oiseaux gazouillaient dans les branches. Je me souviens d'avoir vu passer le petit garçon qui habitait plus bas dans la rue, tirant son traîneau sur le trottoir, et du crissement de l'acier sur le ciment, et du soleil doux de l'hiver, et des ombres de l'après-midi, légères comme de la dentelle.

J'étais installé dans le fauteuil à bascule avec un café noir et une cigarette. Je me balançais tranquillement. Grand-mère s'assit dans son lit et dit d'une voix lente et enrouée :

— Mon petiot, est-ce que ce n'est pas Mrs Carter qui est là dehors, contre sa barrière ? Qu'est-ce qu'elle fait dehors avec un bébé par ce temps ? Oh, regarde, tout ce qu'il a sur le dos c'est un lange !

Là dehors, il n'y avait rien que la barrière de bois et une haie verte dégoulinante d'eau. Plus tard dans l'après-midi, je me mis à avoir peur et j'appelai Ruby. Bientôt, la maison se remplit des femmes du voisinage, les amies de grand-mère, celles de l'église et de l'association caritative. Elles se tenaient toutes debout autour du lit, immobiles, leurs mains passées dans la poche de leur tablier. Le docteur Bess arriva. Grand-mère parlait. Elle évoquait ses souvenirs sur des gens que seules les vieilles femmes silencieuses autour d'elle avaient connus. Le docteur Bess sortit une seringue et lui piqua le corps çà et là. L'eau en sortait comme d'une fontaine. Hydropisie. Ruby et moi changions le lit à n'en plus finir. Grand-mère restait là, inerte, remuant les lèvres, les yeux fermés. Vers minuit, comme je mettais un linge humide contre ses lèvres, un cri me monta du ventre et je priai :

— Ô, cher Jésus, si elle meurt, je vous en prie, faites qu'il n'y ait personne dans la maison que moi !

Mais elle ne mourut pas. Vers le matin, j'obligeai Ruby à rentrer chez elle. Le petit garçon qui habitait plus bas dans la rue m'apporta le journal du dimanche. Je m'assis dans le fauteuil à bascule. Je me mis à lire le journal. Je me souviens d'avoir entendu la cloche de l'église sonner pour l'office du matin et d'avoir pensé : « Comme grand-mère est tranquille. Elle a dormi longtemps. Je ferais peut-être bien de lui mettre un linge humide sur la bouche comme m'a dit le docteur Bess. »

Je traversai la pièce et j'appliquai le linge, mais elle ne bougea pas. J'allai à la cuisine, je fis une tasse de thé, je revins dans le living et je m'assis dans le fauteuil. Je fumai une demi-douzaine de cigarettes. Puis je retournai vers le lit. Je tâtai le pouls et le front de grand-mère. Je soulevai son bras qui s'abattit sur le lit comme s'il était doué d'une vie propre.

Alors je suis tombé à genoux près du lit. Et j'ai pleuré.

Les souvenirs s'estompent. Maintenant, je n'ai plus que cette chambre encombrée et jaunissante, 49e Rue Ouest, au cœur de Manhattan. Ici, là-bas, encore et toujours, le pourquoi de ma vie, l'à-quoi-ça-rime. Terrible dépression tandis que je suis assis là, observant l'obscurité qui s'installe dans les coins de cette chambre. Vaguement conscient des bruits qui m'arrivent de la rue. Conscient d'avoir perdu quelque chose. C'est bizarre que je ne me sois jamais aperçu auparavant que l'on suffoque dans cette petite chambre ; comme si les ombres, les objets, les meubles montaient vers le plafond et allaient exploser dans ce qui autrefois avait été ma vie. Pensant à tout ce que j'ai fait. Et tout ce que je n'ai pas fait. Pensant. Et ressentant cette terrible perte.

Où est-ce que tout cela a commencé ? Une petite ville sur les bords du Missouri. Les arbres et l'école en briques rouges. Grand-père et grand-mère, morts. Grand-mère. Ruby et toutes les petites filles avec des rubans dans les cheveux, et tous les gens que j'ai rencontrés ensuite, quand j'ai pris le chemin le plus long vers l'enfer.

TOUTES MES LIVRAISONS sont faites et c'est la fin de l'après-midi. Autour de mon pâté de maisons, l'ambiance est gitane. Un groupe s'est installé au bout de ma rue. Ils font partie de ce que j'appellerais la grande bourgeoisie des gitans. Les femmes ne disent pas la bonne aventure et leurs enfants sont aussi propres que si c'était tous les jours dimanche. Les hommes sont bien habillés, sans ostentation. Une des femmes arbore une étole de vison qui doit avoir coûté 750 dollars au bas mot. Ils n'adressent même pas la parole aux gitans qui habitent la maison à côté de la mienne.

Il y a quelques semaines, j'ai entendu un beau jour des hurlements et je suis allé à la fenêtre. Tout le clan de gitans qui habite la maison d'à côté dévalait les escaliers de l'immeuble. Ils encadraient un homme d'un certain âge, brun, un peu chauve, qui portait un complet et des souliers marron.

Un des plus jeunes gitans lui envoya un coup de poing au menton en hurlant :

— La putain de sa mère ! Il a battu ma sœur ! Il a battu ma sœur !

Très vite, un attroupement se forma. Les Sages du Tip Top Parking s'amenèrent et essayèrent de calmer le jeune gitan. Mamma, la reine de la tribu, faisait un discours dans sa langue inconnue. La main plaquée sur la bourse qui pendait à sa hanche, elle promenait alentour ses yeux de renard et parlait comme une mitrailleuse.

Au bout d'un moment, la discussion entre les gitans et le type d'un certain âge se termina. Ce dernier mit rapidement le cap vers la Sixième Avenue en s'essuyant le front de la main. Les deux plus jeunes gitans allèrent s'asseoir dans leur voiture, parquée de l'autre côté de la rue. Le reste de la tribu rentra dans la maison. Seule, Mamma est restée sur le perron, les mains aux hanches, une cigarette au coin de la bouche, ses yeux perçants fixés dans la direction de la Sixième Avenue.

La foule des spectateurs ne se dispersait pas. Ils attendaient le second acte du drame. Souriant, discutant l'incident, ils demeuraient sur place, persuadés que quelque chose d'autre allait se produire. La reine du clan, elle aussi, pensait que quelque chose pourrait bien se passer ; c'était la raison pour laquelle elle avait envoyé les deux jeunes gens se planquer dans la voiture. Si l'homme avait appelé la police et que des agents arrivaient, les deux gitans pourraient démarrer sans se faire remarquer. Ce serait à Mamma de se débrouiller avec les flics.

Le propriétaire du *Steak de Paris* se faisait du mouron de son côté. Les bras croisés, il arpentait le trottoir devant son restaurant. Les gitans fournissaient à ses clients une couleur locale des plus réussies, mais des bagarres et des agents, c'était une autre affaire.

Une heure s'écoula. Finalement, Mamma secoua ses longues tresses dans un geste de défi et regagna son quartier général, digne comme une reine outragée. Peu après, une voiture de patrouille passa très lentement dans la rue et je vis un des agents désigner la maison des gitans. Mais la voiture ne s'arrêta pas.

Mais bon, on se demande ce qui a pu porter un homme brun, d'âge moyen, de taille moyenne et un peu chauve, à battre une jeune femme qui lui disait la bonne aventure. Quelle que soit la raison, elle doit être excellente car maintenant les gitans ont ouvert un tout petit établissement de l'autre côté de la rue, presque en face de chez moi. Les filles gitanes s'assoient devant la maison sur des chaises de cuisine chromées ou sur des caisses de bouteilles pour dire la bonne aventure. Tous les gens qui passent dans notre rue s'imaginent que nous avons un bordel en plein air.

Maintenant, c'est le soir. Je décide de prendre une bonne douche. En revenant de la salle de bains, j'entends des pas dans l'escalier. Ils montent vers mon étage. C'est la police.

Un brigadier apparaît. Je tiens avec soin une serviette autour de ma taille, le gant de toilette et le savon serrés dans la main droite.

— C'est bien entièrement résidentiel, ici, n'est-ce pas ? demande le brigadier.

— Oui.

Les yeux perçants du policier balayent le corridor. Il remarque ma poubelle près de ma porte.

— Est-ce que vous avez le téléphone ?

— Je ne l'ai plus, dis-je en lui montrant toutes mes dents.

— O.K. Merci, dit le brigadier.

Il descend lourdement les escaliers en hurlant :

— O.K. C'est tout résidentiel. Ouais ! Résidentiel !

Je rentre chez moi et je me sers une bière. Quand j'arrive dans mon living, je découvre que les fenêtres de l'Elmwood Hotel sont transformées en galerie de portraits vivants. Je regarde dans la rue et j'y vois une foule d'environ soixante-quinze personnes, le nez en l'air. Ces gens fixent mon immeuble comme s'ils s'attendaient à voir paraître soudain un roi et une reine qui auraient vécu là retirés du monde. Quatre voitures de patrouille bloquent la circulation. Mais qu'est-ce qu'il se passe ? Rien ! Je secoue la tête et je ris, je ferme mes volets et je m'étends.

Soudain, nouveaux pas dans l'escalier. Un coup impératif à la porte. Encore la police.

— Êtes-vous sûr que cet immeuble est entièrement résidentiel ? demande le brigadier. Quelle sorte de trafic est-ce qu'on fait ici ?

— De quel genre de trafic voulez-vous parler ?

— Eh bien... nous avons eu cet appel au commissariat, dit le brigadier (il ressemble assez à un héros de feuilleton télévisé). Vous permettez que j'entre et que je jette un coup d'œil à votre logement ?

— Vous êtes le bienvenu, dis-je gaiement.

Le brigadier promène un regard rapide à travers le living encombré et se prépare à s'en aller.

— Il n'y a aucune sorte de trafic dans cet immeuble, dis-je alors. Ni légal, ni clandestin. Votre coup de fil, c'était du vent. Et ne revenez pas frapper à ma porte, sinon je dépose une plainte pour tapage et troubles de jouissance.

Le brigadier a l'air stupéfait :

– Quoi ?

– Vous avez parfaitement entendu ce que j'ai dit. Normalement, vous vous déplacez sur des renseignements exacts.

Mais l'année dernière vous êtes venu dans cet immeuble et vous avez forcé la porte de l'appartement numéro 3 parce que, soi-disant, vous cherchiez un établissement de pari clandestin. Or vous saviez parfaitement dans quelle rue se trouvait l'établissement en question. Je pense que maintenant vous allez retourner au commissariat et dire que rien ne se passe dans mon immeuble.

— Excusez-moi de vous avoir dérangé, dit le brigadier en reculant vers la porte.

Me sentant très, très vertueux, je suis retourné à mon lit et j'ai fait un rêve. Dans ce rêve, j'ouvrais la porte à un agent et lui demandais ce qu'il voulait. Il ne répondait pas mais se précipitait dans mon appartement, suivi par six autres flics. Je protestais, furieux. Finalement, je cédais et me mettais à hurler : « Entrez, entrez, vous êtes les bienvenus ! » Au bout du compte, il y avait environ quarante agents dans ma chambre. Ils se mettaient en rangs le long des murs et je marchais entre les rangs, tout nu, les mains croisées derrière mon dos, faisant une conférence sur le crime qui consiste à troubler le repos des citoyens innocents.

J'avais appris à quoi m'en tenir avec les flics à Sedalia, Missouri. Vous vous rappelez ? Depuis, je ne les aime pas.

LE VOYAGE DE MAXINE en Virginie et au Canada est remis à cause d'une maladie de sa grand-mère. Cet après-midi, une fois mes livraisons terminées, j'ai emmené Maxine faire un tour sur le ferry de Staten Island. Ne m'avait-elle pas dit avec une belle effronterie, mais non sans raison : « Charles, ces derniers temps, tu m'as salement laissé tomber. »

C'était un après-midi agréable, sans nuages, et la température se maintenait à 24 degrés. Maxine et moi, nous nous sommes disputés tout le long du chemin, depuis la station de métro jusqu'au ferry. Elle m'aime. Ce n'est pas parce que je joue avec elle et que je lui offre des cadeaux. Non. Avec Maxine, on n'arriverait à rien de cette façon-là. C'est plutôt parce qu'elle sait que je ne triche pas. Je n'agis pas avec elle comme un adulte avec un enfant, mais comme si j'étais son égal. Nous nous rencontrons quelque part entre l'enfance bien protégée et la sauvagerie du monde adulte, et nous rions ensemble comme des amis. Shirley était toujours un peu jalouse de nos rapports.

Maxine et moi avons fait bien souvent ce voyage au rabais. Comme chaque fois, nous nous sommes assis sur le côté tribord du ferry et, en passant devant la statue de la Liberté, nous avons dit qu'il faudrait que nous y allions un jour. Ensuite, nous avons commencé à nous raconter des blagues et à nous poser des devinettes dont la solution ne collait jamais très bien. Puis, comme il faisait froid, Maxine a demandé son pull et s'est blottie entre mes bras. Elle s'est mise à chanter de sa voix inoubliable et tremblante de petite fille. Quand je ne chantais pas avec elle, je prenais des petits coups secs dans les côtes. Bientôt elle s'est endormie et je l'ai tenue tranquillement jusqu'à ce qu'apparaisse le merveilleux panorama de Manhattan à la nuit tombante.

LAURA VEE EST ARRIVÉE CHEZ MOI dans la chaleur d'un après-midi de grisaille. Le ciel était couvert sans pour autant promettre de la pluie. Les voix murmurantes de la rue s'élevaient comme si les gens imploraient pour quelque chose qui leur échappe dans cette ville déroutante.

Je descends ma sixième bière et observe Jim, l'ami de Laura. D'après Laura, il a des problèmes.

Jim a la grâce maladroite des grandes perches qui jouent au basket-ball, un visage de nordique et des cheveux roux doré incroyablement rutilants. D'un air lugubre, il ouvre lui aussi sa sixième canette de bière.

Laura est de bonne humeur. Elle découvre qu'elle n'était pas le seul être humain à pouvoir sangloter.

— Donnez une bière à la dame, dit-elle en riant et en essuyant son front lisse de sa main couverte de bagues. Dites donc, est-ce que je pourrais en avoir une fraîche ?

— Est-ce que tu ne préférerais pas quelque chose de plus fort ? demande Jim.

Laura réfléchit à la question. Puis elle dit lentement :

— Si tu veux, si tu veux, mon petit Jim.

Jim va jusqu'au divan et tire de son sac de plage une flasque de whisky. Il la pose sur la table avec la minutie de l'homme qui prépare une expérience. Je me réjouis qu'en dépit de ses problèmes, il ne soit pas de ces ivrognes qui font du raffut.

— Les verres, Charles, dit Laura en me regardant fixement.

— Tu sais où ils sont, philtre d'amour.

— D'accord, patate. Mais sors la glace toi-même. Il y a au moins un an que tu n'as pas fait dégivrer ton bidule.

Laura me suit jusqu'à la cuisine.

— Qu'est-ce qui se passe ?

— Rien, mon chou, chuchote Laura. Jim est un peu remué. Je pensais que tu pourrais peut-être lui parler. C'est tout.

— Est-ce que ça marche, vous deux ?

— Pas si fort, gronde Laura.

Nous retournons dans le living. Jim est en train d'ouvrir une nouvelle canette de bière et nous regarde en fronçant les sourcils comme si nous le dérangions. Cela me met mal à l'aise, mais Laura sourit gaiement :

— Oh, nous allons avoir une merveilleuse party, n'est-ce pas, Charles ?

— Bien sûr.

J'ai répondu ça sans conviction, parce que dans le monde où je vis le mot « party » peut avoir des sens très différents.

— Ni eau ni glace pour moi, dit Jim. Whisky pur. Avec de la bière pour faire passer. C'est comme ça que boit mon emmerdeur de père, ce vieux satyre chauve.

Bébé, me dis-je, ça ne s'annonce pas comme un après-midi de tout repos. J'en ai marre de ces tordus émotifs.

Si ce gosse ne se tient pas en main, ça va barder.

— Charles, regarde si tu ne peux pas trouver du jazz potable à la radio, dit Laura.

— J'aime le jazz, fait vivement Jim. Le jazz, ça me botte.

J'allume mon vieux et fidèle Zénith à modulation de fréquence juste à temps pour attraper Billie Holiday chantant *Fine and Mellow*.

— Ça, c'est un disque ! dis-je d'un ton joyeux. Vite, ma fille ! Verse-moi un coup de ce tord-boyau !

J'ai découvert que le jazz et l'alcool vont bien ensemble. Un merveilleux tranquillisant. Les problèmes ne s'amenuisent pas, mais je peux les voir plus clairement, du moins je crois. Je suis en train de réfléchir à tout ça quand Jim demande :

— Laura, pourquoi est-ce que tu ne danses pas avec Charles !

— Je ne suis pas très bon danseur, dis-je très vite.

— J'aimerais autant danser avec toi, Jim, sourit Laura. Charles est un merveilleux spectateur.

— Et puis moi, j'aime les slows, dis-je.

— C'est justement un slow, dit Jim.

— Je ferai quand même tapisserie pendant celui-ci.

— On danse, Jim ? demande doucement Laura en lui tendant la main.

Jim se lève et prend cette main avec précaution, en hésitant, comme un jeune homme gêné par les regards d'un chaperon. Il ne danse pas d'une façon extraordinaire, mais avec beaucoup d'intensité. Je les regarde. Ils dansent sans presque se déplacer à travers la pièce.

L'après-midi décline. Trois heures, un ciel assombri, une légère brise chaude. La radio nous donne maintenant une musique douce, sentimentale, semi-classique dans le genre populaire. La musique rêvée pour ces déchirants samedis soir américains, pour ces paisibles samedis après-midi américains, de la musique qui sonne comme une cloche d'or promettant que demain tout ira mieux. Le jazz, lui, le bon jazz, ne ment pas de cette façon.

Ces idées me passent par la tête tandis que je liquide le whisky. Jim et Laura ont disparu dans la chambre à coucher. Ils n'ont plus besoin du whisky. Alors je m'en verse un autre. Si les gens doivent m'empoisonner avec les complications de leurs vies... eh bien que ces crétins paient la tournée.

— Charles ! appelle Laura.

Sa voix est lasse :

— Charles, viens ici.

Je ne sais pourquoi, je me fige sur place et je crie nerveusement :

— Qu'est-ce que tu veux. Des cigarettes ?

Ils sont couchés, nus, sur mon lit étroit. Jim est blotti dans le creux du bras de Laura et regarde le plafond. Ses yeux sont vitreux, ils reflètent peut-être le monde de ses rêves. Ce n'est pas un monde heureux si l'on en juge par son visage tendu. Laura lève les yeux et soupire. Son expression est implorante.

— Allume-moi une cigarette, s'il te plaît, Charles, dit-elle d'une voix cérémonieuse.

J'allume la cigarette et je la lui donne. Puis je m'adosse au mur, les bras croisés, attendant, pour voir ce qui va se passer. Mais, à dire le vrai, je suis fatigué des histoires de sexe.

— Je devrais être puni, dit doucement Jim.

— Pourquoi ?

À en juger d'après sa voix, Jim est au bord des larmes :

— Je ne peux pas le faire avec Laura. Je ne peux le faire avec personne. Parce que je pense que c'est sale ! Après, j'ai tous ces sentiments de culpabilité. Et je ne peux pas dormir la nuit.

— Dans ce cas, ne le fais pas, dis-je. Et tu pourras dormir.

Jim se lève doucement et commence à enfiler ses vêtements.

— Fais-le avec elle, toi, dit-il.

Il passe dans le living et ferme la porte.

Je m'étends tout habillé près de Laura. J'enlève la cigarette de sa main tremblante et je la mets dans le cendrier à côté du lit. Puis je prends Laura dans mes bras. Elle commence à pleurer. Il n'y a rien à dire ou à faire. Je me contente de la tenir et de la laisser pleurer. J'entends Jim taper à la machine dans le living.

Enfin Laura s'endort et je vais dans le living. Jim est parti. Il a laissé une feuille de papier dans la machine. Je la lis.

Ça commence par : « Voilà pour Charles », et ça continue, pendant une douzaine de lignes mal tapées, par une divagation alcoolique confuse, obscène et pitoyable. Ça se termine par une série de X sauvagement écrasés qui traversent presque le papier.

Je ne sais pas pourquoi mais cette série de X me donne envie de pleurer. Quelque chose monte et descend en moi comme un poids mort. Qu'est-ce que je sais de Jim ? Qu'est-ce que j'en ai à faire ? Jim, grand, maigre, opérateur à IBM, vingt-deux ans, aime les bons livres, veut sauver le monde, aime le jazz, ne croit plus en Dieu, ne peut plus faire l'amour. Ce n'est pas ton problème, me dis-je. Pas plus que Laura, ou Mitch, ou Jelly, ou Lena. Aucun d'eux. Aucun de ces enfants de putain. Tu es ton propre problème.

Comme si ce n'était pas suffisant, voilà que le gardien s'amène et m'annonce qu'il faut que je déménage, et pour de bon. Cette fois, les gars de l'office du Logement sont sérieux. On ne me fera pas de grâce. Il faut que je renonce à mon domaine, à cette piaule sans prix au cœur de Manhattan.

C'EST LE MATIN. J'en suis à ma seconde cigarette et à ma première tasse de café. Bon moment pour faire un inventaire, mais qu'y a-t-il à voir ? Un homme relativement jeune, avec un visage fatigué d'adolescent, un homme qui porte son expérience comme un fardeau et qui n'a rien gagné à la vivre, un homme qui n'a même pas le sens de l'orientation d'un chien d'arrêt, un homme sans objectif et sans but. « Je suis l'avenir », ai-je écrit un jour, débordant d'enthousiasme, dans une rédaction d'écolier. Aujourd'hui, à vingt-neuf ans, je n'espère pas grand chose de ce monde. Fitzgerald et l'espoir de sa lumière verte ! Je me souviens de son rêve démesuré, insensé : « Demain nous courrons plus vite, demain nous étendrons nos bras plus loin. » Bien sûr, mais dans quelle direction pourra courir ce jeune Noir ? Et à qui va-t-il tendre les bras ?

Pour le moment, je n'ai pas besoin de penser à demain. J'ai pris une décision. Je mets en ordre ce que je possède. Ce soir, il y aura des enchères dans ma piaule. Tout sera vendu, liquidé. Alors, je partirai.

ILS SONT MONTÉS À BORD du canot de sauvetage, ils se sont traînés jusque chez moi, ils ont grimpé les cinq étages pour me dire au revoir. La pièce est pleine de monde, grise de fumée, et je commence à me demander s'il y aura suffisamment à boire. Nous faisons un bruit terrible et personne ne s'en inquiète, surtout pas moi. J'ai dans ma poche un billet de car qui m'emmènera jusqu'à Mexico. Ce matin, j'ai fait trois revendeurs pour trouver une belle valise en cuir à un prix raisonnable.

Claudia, la Grande Duchesse, bourrée jusqu'aux yeux, porte un pantalon bleu pâle qui lui collent à la peau et fait la danse du ventre au son du « *Smooth Sailing* » d'Ella Fitzgerald.

— Hé, Gros-Père ! hurle-t-il. Regarde à quoi tu as droit si tu es verni !

Gros-Père lui sourit mais ne bouge pas. Il est en train de parler sérieusement avec Mrs Lee qui est venue sans ses caniches. Est-ce qu'elle envisagerait de changer d'étalon ? Je me le demande. Pourtant, Gros-Père n'est pas du tout le type de Mrs Lee. Quoi qu'il en soit, ça arrangerait bien ses affaires, parce qu'il a de plus en plus de mal à assumer les frais de sa drogue. Je le sais : hier, il m'a demandé si je ne voulais pas lui racheter quelques albums de jazz hot.

— Charles, mon ange, roucoule Mrs Lee d'un ton implorant en me tendant son verre de champagne vide.

Je lui souris affectueusement et je remplis son verre. Avec son tailleur de piqué blanc et ses bijoux de fantaisie byzantins, je lui trouve l'air d'un crapaud desséché.

— Mon ange, c'est une honte que vous soyez obligé de renoncer à ce merveilleux studio. Je connais un petit atelier près de Beekman Place, un endroit divin...

Je m'éloigne sans répondre. Où diable pense-t-elle que je trouverais l'argent ? À moins que... Oh, non, pas ça. Pour me rassurer, je touche le billet de car dans ma poche. Pas de Mrs Lee pour moi.

Troy et Susan nous quittent. Ils vont au Village rejoindre d'autres intellos. Ils ne peuvent pas me pardonner tout à fait que leur gosse m'ait un jour traité de « sale nègre ». Depuis, pour cacher ce ressentiment, ils forcent la sympathie et l'affection.

Susan me jette les bras autour du cou :

— Tout va s'arranger pour le mieux, Charles, j'en suis sûre. Il ne faut *pas* que tu te tourmentes !

Troy me serre le bras très fort :

— Tu pourrais toujours venir habiter avec nous. Tu sais que nous serions ravis de t'avoir.

Je hoche la tête, j'essaie de ne pas avoir l'air triste et je les reconduis jusqu'à la porte. Ils sont pleins de bonnes intentions mais ils en font trop. Il peut arriver que l'on soit vraiment trop « sincère ». Je m'offre un double scotch pour combattre l'effet du champagne et pour laver l'arrière-goût que m'a laissé le départ de Troy et de Susan.

Je me demande où est Shirley. Elle avait pourtant dit qu'elle viendrait. Je pense à toutes les fois où elle est venue ici et à nos disputes, et au jour – quand était-ce ? il y a quelques semaines ? seulement ? – où nous sommes allés à Coney Island. Et je me souviens de Lena disant : « Pourquoi est-ce que vous ne vous mariez pas, tous les deux ? » Oui, pourquoi ? Je me pose la question, mais je connais déjà la réponse. Je sais que nous ne le ferons jamais.

Je suis tiré de ma rêverie par Lady P. qui trottine à mes côtés vers la chambre à coucher. Des hurlements en sortent. C'est Claudia en train d'invectiver Laura :

— Oh, miss Chose ! Ne touchez pas à ce miroir ! C'est à moi qu'il appartient ! Ainsi que le divan et le fauteuil. Charlie me les a donnés.

Laura fixe Claudia froidement pendant un long moment, puis fonce sur moi :

— Je croyais que tu avais *vendu* le divan et le fauteuil ! C'est du moins ce que tu m'avais dit ! Charlie, tu es un salaud et un menteur. Tu les as donnés à cette tantouse, et tu savais que je voulais le miroir !

— Tu aurais dû le demander plus tôt, dis-je faiblement.

— Comment pouvais-je savoir que tu allais mentir ? rétorque Laura. C'est un si joli petit miroir et je le voulais. Je me souviens du jour où tu l'as acheté à la boutique de l'Armée du Salut !

— Oh, merde, miss Chose ! fait Claudia, soudain excédé comme seule Claudia peut l'être. Vous pouvez le prendre, votre miroir !

À ce moment précis, Gros-Père revient de la salle de bains en chantant : « J'ai rêvé que j'avais une cigarette de marijuana de trois mètres de long. » Il va droit à Mrs Lee en continuant à chanter : « Je pouvais la fumer de la chambre à coucher et secouer les cendres dans l'entrée. »

— Divin, oh vous êtes divin ! roucoule Mrs Lee.

Quelques minutes plus tard, je vois Mrs Lee s'en aller au bras de Gros-Père. C'est l'instant que choisit Bruce pour arriver en compagnie du gardien. Ils sont saouls tous les deux. Quel couple !

— Charlie, dit Bruce, regarde ce que j'ai déniché ! Un bon vieil enfant de putain !

De toute évidence, Bruce est débarrassé pour la soirée de ses complexes épiscopaliens.

Le gardien s'accroche à moi et me postillonne dans le cou :

— Tu n'auras jamais plus à payer de loyer ici, Charlie. L'office du Logement peut aller se faire foutre. Reste aussi longtemps que tu voudras. Nous sommes une grande famille heureuse. File-moi un verre.

— Sûr, je grimace en essayant de me dégager.

— Charlie..., commence le gardien.

Mais sa phrase est interrompue par la marée montante. Et, tout à coup, il vomit partout.

Claudia, qui n'a eu aucun succès auprès de Gros-Père, vient de s'envoyer en l'air avec Mitch dans la chambre à coucher. Et il sort juste à temps pour hurler : « Oh, Jésus ! » devant ce spectacle.

— Je m'excuse, gémit le gardien.

Des larmes dégoulinent de ses yeux rouges :

— Vraiment, je m'excuse.

— Je vais nettoyer, dit Bruce qui se sent coupable. Ne t'en occupe pas.

— Laisse tomber, dis-je.

Je vais à la fenêtre respirer un peu d'air pur et regarder le ciel que la lumière pâle du matin inonde rapidement. Où est Shirley ? Un parfum de café monte de la pâtisserie de Chris, en bas de la rue. L'air sent un peu l'automne. Voilà l'été presque fini et notre gosse de la campagne est prêt à filer. J'abandonne la fenêtre et je me retourne pour regarder mes amis. Puis je reviens à la fenêtre. J'ai bu toute la journée : du vin, de la bière, du gin, du scotch, du champagne. Je les énumère, peut-être pour me prouver que suis encore sobre. J'ai pris six benzedrines pour éviter de me saouler. J'ai fumé un peu de marijuana. Ça ne m'a absolument rien fait. Je n'arrive pas à me mettre dans le coup. Il y a quelque chose d'horrible dans ce sentiment que rien ne peut m'arriver, que je suis pétrifié dans un monde froid, terrifiant, où tout est clair comme du cristal. J'ai l'impression de me regarder de trop près dans un miroir grossissant.

J'entends sonner à la porte d'en bas. Je file et dégringole les cinq étages. C'est Shirley.

Elle m'embrasse tendrement. Mais elle semble nerveuse.

— Devine ce qu'il y a dans cette boîte ? dit-elle. Tes livres. Tous les livres que tu m'as prêtés. Je savais que tu les voudrais. J'ai pris un taxi pour venir.

— Qu'est-ce qui t'est arrivé ? dis-je. Il y a des heures que tu devrais être là. Maintenant presque tout le monde est parti.

— Je sais.

— Alors !

— Charles, je t'en prie, dit Shirley doucement en prenant ma main.

— Va te faire voir, dis-je en arrachant ma main.

— Je ne vais pas me marier avec ce docteur, annonce tranquillement Shirley. J'ai changé d'avis.

Je ne dis rien. Tout d'un coup, je n'y attache plus d'importance. Tout ce que j'ai envie de faire, c'est dormir. Mais je sais qu'il n'en est pas question. Je dormirai demain, dans le car. Pour l'instant, Shirley et moi nous allons grimper les escaliers ensemble, retourner là-haut, rejoindre mes amis qui sont saouls. La party est devenue une vraie foire. J'entends les voix s'élever sauvagement au-dessus de la musique, comme si elles montaient toujours plus haut, à la recherche de la sensation folle qui effacerait la peur, la confusion, et la douleur d'être vivant par ce petit matin du mois d'août.

— Qu'est-ce qui ne va pas ? demande Shirley. Charles, qu'est-ce qui ne va pas ?

— Rien, dis-je. Absolument rien.

Nous prenons les escaliers. J'entends la voix de Claudia, claire comme le jour qui se lève, hurler :

— Bande de cons !

Texte sorti de la nuit par les éditions Farrar, Straus and C°, à New York, en 1963. Remis en lumière par Michel Averlant dans une maquette des ateliers du Tripode. Rendu à sa noirceur par les imprimeries du Ravin bleu, en ce mois d'octobre 2013.

Imprimé en France. ISBN : 9782370550064